AF472892

ORAISON FUNÈBRE

DE TRÈS-HAUTE, TRÈS-PUISSANTE

ET TRES-EXCELLENTE PRINCESSE

MARIE-THÉRÈSE,

ARCHIDUCHESSE D'AUTRICHE,

IMPÉRATRICE DOUAIRIERE,

REINE DE HONGRIE ET DE BOHÊME:

Prononcée dans la Chapelle du Louvre le Vendredi 1er Juin 1781, en présence de Messieurs de l'Académie Françoise;

Par M. l'Abbé DE BOISMONT, *Prédicateur Ordinaire du Roi, Abbé Commendataire de Grétain, & l'un des Quarante de l'Académie.*

A PARIS,

Chez DEMONVILLE, Imprimeur-Libraire de l'Académie Françoise, rue Christine.

M. DCC. LXXXI.

AVEC PRIVILÉGE DU ROI.

L'Académie a arrêté que l'Oraiſon funèbre de Sa Majeſté l'Impératrice-Reine, prononcée dans la Chapelle du Louvre par M. l'Abbé de Boismont, le 1er Juin 1781, en préſence de la Compagnie, ſeroit imprimée ſous ſon privilége. A Paris, ce 1er Juin 1781.

Signé, d'Alembert, *Secrétaire perpétuel de l'Académie.*

ORAISON FUNÈBRE

DE TRÈS-HAUTE, TRÈS-PUISSANTE ET TRÈS-EXCELLENTE PRINCESSE *MARIE-THÉRÈSE*, ARCHIDUCHESSE D'AUTRICHE, IMPÉRATRICE DOUAIRIÈRE, REINE DE HONGRIE ET DE BOHÊME.

Accedite Gentes & audite; & Populi attendite. Audiat Terra & plenitudo ejus.
Venez Nations, écoutez-moi; Peuples ſoyez attentifs. Que la Terre, d'une extrémité à l'autre, prête l'oreille. (*Paroles du Prophète Iſaïe. c.* 34, *v.* 1).

QUEL mouvement s'élève dans mon ame, au moment, MESSIEURS, où je parois dans cette Chaire? Mes regards, accoutumés à ce ſombre appareil, ſont frappés d'un nouveau ſpectacle. Ce n'eſt plus la Mort, c'eſt la Religion, c'eſt la Juſtice que j'aperçois au milieu de vous; elles excitent ma foible voix ; elles ſemblent me dire comme autrefois le Dieu d'Iſraël à ſon Prophète : Parle, *loquere* ; voici le jour de notre gloire, écarte tous les voiles de l'Art ; tu n'as rien à diſſimuler, nos Maximes & nos Oracles ſeront dans ta bouche : *Loquere, ecce dedi verba* Jer. c. i. *mea in ore tuo.*

Vous le ſavez, MESSIEURS, la cendre des Rois, quels qu'ils ſoient, eſt toujours reſpectée : vivans, on les trompe : morts, on les loue ; c'eſt la dernière des flatteries auxquelles le Trône les a condamnés : tant le nom de Roi eſt fatal à la vérité ! mais cette louange, qui rampe à leur ſuite, dernier effort de l'Adulation expirante, s'éteint elle-même avec les flambeaux qui éclairent leurs funérailles. Ici, MESSIEURS, ce n'eſt ni l'uſage, ni la bienſéance, ni le reſpect national, qui commande à ma penſée ; c'eſt votre admiration qui m'appelle au tombeau de MARIE-THÉRÈSE ; c'eſt à l'enthouſiaſme public que j'obéis. Un Peuple étranger à MARIE-THÉRÈSE, un Peuple qui n'a point vécu ſous ſes lois ; que dis-je ? un Peuple qui l'a combattue ; qui, les armes à la main, inondoit il y a quarante ans & menaçoit ſes Héritages, c'eſt ce même Peuple, réuni aujourd'hui autour de ſon cercueil, qui réclame ſon éloge, éloge digne d'elle ſans doute, parce que ce Peuple ne lui doit que la vérité. Les Royaumes Etrangers ſont la Poſtérité pour les Rois.

Parlons donc ſon langage dans une ſolennité que le menſonge & l'exagération ont ſi ſouvent profanée,

Que l'Allemagne gémiſſe, elle a perdu le plus précieux de tous les biens; mais ce n'eſt pas l'Allemagne ſeule, c'eſt l'Europe entière qu'il faut conſoler. Conſolons l'Europe par toutes les eſpérances attachées à l'exemple d'une grande vertu. La mort de MARIE-THÉRÈSE accumule des Couronnes ſur une Tête auguſte, digne de les porter. Pour nous, recueillons, au nom de la Religion & de l'Humanité, une ſucceſſion plus grande encore. Raſſemblons ces Eſprits de juſtice, de bienfaiſance & de paix, qui environnoient le Trône Impérial, pour les répandre, s'il eſt poſſible, au pied de tous les Trônes, & en compoſer le bonheur du monde : voilà l'héritage ſacré de toutes les Nations. Peuples, voilà ce que le dernier ſoupir de MARIE-THÉRÈSE vous a légué. *Accedite Gentes, & audite.*

C'eſt donc à l'Europe entière que j'adreſſe ce Diſcours. Laiſſons le néant des grandeurs humaines, toujours prouvé & toujours méconnu; détournons les yeux de ce Temple de la Mort, hélas! qui ſe montre toujours en vain à ſes victimes. Je ne dirai pas que les triſtes reſtes de MARIE-THÉRÈSE ſont la leçon des Rois qui doivent mourir : ce foible intérêt ſeroit trop indigne d'elle; montrons que ſa mémoire eſt l'école des Rois qui règnent. Venez, Peuples : c'eſt votre cauſe que je vais plaider, non au pied d'un Trône, mais ſur ce tombeau devant lequel tous les Trônes s'abaiſſent, parce que tout leur éclat ne vaut pas une ſeule des larmes qui l'arroſent. Venez au récit ſimple & fidelle d'une vie ſans erreur comme ſans foibleſſe, béniſſez le Dieu qui donne les bons Rois dans ſa miſéricorde ; que vos préjugés ſe taiſent, que votre confiance s'affermiſſe. Lorſque vous parcourez les faſtes du monde, vous les voyez ces Trônes, théâtres de toutes les paſſions, tantôt déshonorés, tantôt obſcurcis, tantôt renverſés : l'hiſtoire de leur chûte, de leur ſplendeur même, n'eſt que l'hiſtoire de la honte & du malheur de l'humanité. Ici, qu'apercevez-vous? une ſeule paſſion, aſſiſe pendant quarante ans ſur les débris de toutes les autres, la noble, l'héroïque paſſion du bien public. Voilà l'immortel monument que je viens élever avec vous à la gloire de MARIE-THÉRÈSE, le ſeul qui l'honore, le ſeul qu'elle daigne avouer, parce qu'il eſt tout-à-la-fois juſtice & modèle.

La vie d'un Chrétien obſcur finit avec ſa vie ; les temps ne ſont plus rien pour lui, l'éternité ſeule lui reſte.

La vie d'un Roi n'a point de terme, il ne meurt pas ; jugé dans l'éternité, il eſt encore préſent à tous les temps : la Juſtice des ſiècles prend ici-bas la place de Dieu même, incorruptible comme lui, & peut-être plus inexorable.

Il exiſte donc pour les Rois deux ſources de gloire & de honte, la Religion & l'Hiſtoire ; deux Juges, Dieu & la Poſtérité.

Ne craignons pas de citer MARIE-THÉRÈSE à ces deux redoutables Tribunaux.

Dans l'éloge des Dieux de la terre, ſouvent l'Hiſtoire languit quand la Religion triomphe : plus ſouvent encore la Religion gémit où l'Hiſtoire s'élève. Ici tous les intérêts ſont réunis, & c'eſt la première fois peut-être que, dans un ſens exact & rigoureux, on a vu marcher enſemble les Annales de la Gloire & celles de la Vertu.

Pour jeter quelqu'ordre dans un tableau ſi vaſte & ſi magnifique, offrons MARIE-THÉRÈSE à l'Europe & à ſon Peuple : à l'Europe, dont elle fut l'étonnement & l'admiration ; à ſon Peuple, dont elle a été l'idole. Si le Trône eût manqué à cette grande ame, elle eût été déplacée ; & quelle perte pour le Trône ! Qui ne connoît dans le rang ſuprême les erreurs de la gloire & les abus de l'autorité ? Hélas ! on les croit inévitables, preſque néceſſaires. L'expérience a tourné en habitude cette triſte penſée : la célébrité, le pouvoir d'un ſeul n'eſt que trop ſouvent le tourment de tous. MARIE - THÉRÈSE a tout juſtifié, & la gloire, & l'autorité : la gloire, aux yeux des Sages, par le grand caractère qu'elle lui a fait prendre ; l'autorité, aux yeux des Peuples, par le noble uſage qu'elle en a fait. Tout eſt pur dans ſa renommée, tout fut conſolant ſous ſon empire. Voilà, MESSIEURS, ce que nous obſerverons dans la vie éternellement mémorable de TRÈS-HAUTE, TRÈS-PUISSANTE, TRÈS-EXCELLENTE PRINCESSE MARIE-THÉRÈSE, ARCHIDUCHESSE D'AUTRICHE, IMPÉRATRICE DOUAIRIÈRE, REINE DE HONGRIE ET DE BOHÊME. Ainſi le Règne que je vais décrire eſt tout enſemble l'apologie du Trône, l'exemple des Rois & l'eſpérance de tous les Peuples.

Je l'avoue, MESSIEURS, cette idée consolante me soutient. Prévenu par la voix de la Renommée, l'Orateur disparoît ici. Auguste Vérité, vous parlerez seule, vous parlerez pour l'instruction de ces Maîtres du Monde, qu'il est si difficile, qu'il est si important d'instruire, & qui ne peuvent être plus efficacement instruits que par leurs égaux.

PREMIÈRE PARTIE.

La gloire, cette grande erreur de tous les siècles; ce prestige, qui étonne, trouble & domine la raison; ce fantôme, chargé de palmes & de deuil, tour-à-tour objet d'idolâtrie & d'exécration, d'enthousiasme & d'horreur; cet être, en un mot, dont tout le monde parle, que peu de Sages ont connu, les Rois, les Peuples vont le connoître: MARIE-THÉRÈSE, en prenant sa place dans l'opinion des hommes, va fixer enfin l'idée de la gloire.

Non, MESSIEURS, les Hommes célèbres ne sont pas les Grands-Hommes, la célébrité n'est pas la gloire. Lorsque l'ardeur, ou plutôt l'emportement de toutes les passions qui la promettent, s'empare de ces ames impétueuses que la fortune enivre, il les rend vaines, injustes, imprudentes, impitoyables. La gloire n'est plus alors que ce délire, hélas! trop imposant, le mépris du Sage & le fléau de l'humanité. Mais lorsqu'une grande ame lui donne, en quelque sorte, son empreinte, sa forme, son caractère, consolante, respectable, aussi pure que sa source, elle devient alors

un

un modèle & un bienfait public. J'appelle une grande ame, celle qui, ſur le Trône, ſe montre toujours tout ce qu'elle doit être, ſe modifie ſans effort, ſe plie ſans violence, cherche le bien plus que l'éclat; ſimple tout enſemble & magnanime, ſenſible & juſte, élevée & populaire; celle enfin qui, toujours préſente à tous ſes devoirs, diſtingue d'une vue ferme & sûre la vertu de chaque moment, le mérite propre à chaque ſituation, & s'y porte d'un mouvement libre & uniforme, ſans rien affoiblir & ſans rien exagérer. Telle fut l'ame de MARIE-THÉRÈSE; & vous la verrez plus grande encore par tout ce qui n'étonne pas, que par tout ce qui ſemble avoir le droit de ſurprendre & d'éblouir.

Abandonnons aux détails de l'Hiſtoire ſon enfance & ſa première jeuneſſe. Les êtres extraordinaires ne connoiſſent peut-être pas la lenteur des développemens. Il y a une maturité qui les attend, qui ſe cache même dans le déſordre apparent des premiers mouvemens de la Nature, & dont perſonne ne peut marquer ni les gradations ni le terme. Le moment arrive : principes fermes, ſentimens généreux, ſageſſe, énergie, profondeur, tous les élémens de l'héroïſme ſe preſſent à la fois d'éclore ; tout ſe déclare, l'ame paroît ſortir de ſon ſecret : ſemblable à la lumière, qui, dans l'inſtant où elle ſe montre, dévore, en quelque ſorte, tout l'eſpace, embraſſe tous les objets, & les crée, pour ainſi dire, en leur donnant la forme & la vie. Je ne rappellerai donc point ici les ſages impreſſions que MARIE-THÉRÈSE recevoit des ſoins de Charles VI & d'Eliſabeth de Brunſwick. Des germes, plus forts que les préceptes vulgaires, étoient dépoſés dans cette ame, ſupérieure à toutes les maximes communes. Hélas! ſur le Trône, le premier charme du pouvoir efface ſouvent, ſans retour, la molle & ſervile empreinte de ces maximes. MARIE-THÉRÈSE étoit réſervée à une inſtruction plus profonde. L'Europe entière ſera ébranlée, la gloire de toute ſa vie eſt à ce prix, & le Ciel permettra tout, pour l'élever juſqu'à cette mâle éducation qui achève les grands Rois, l'éducation du malheur.

Par quelle étrange révolution ce myſtère de la Providence s'accomplira-t-il? Grâces, talens, dons heureux de l'eſprit, don plus heureux de plaire, tout ce qui compoſe une vie fortunée, prépare, embellit la carrière qui s'ouvre devant elle. Si le ſang de Charles-Quint donne encore un Maître à ſes vaſtes Domaines, elle ira porter ſous un ciel étranger toutes ces qualités aimables qu'on adore à Vienne. Dans toutes les parties du monde, l'admiration lui réſerve un Trône: elle trouvera par-tout les mêmes cœurs... C'eſt à Vienne même, dans ce Palais qui la vit naître, aux yeux de ce Peuple dont elle eſt la plus chère eſpérance, que s'exécutera ce formidable décret. Le Ciel n'accordera point aux vœux d'Eliſabeth un autre Léopold; & toute la deſtinée de cette Maiſon dominatrice & conquérante, va repoſer ſur la tête de MARIE-THÉRÈSE.

Ici, MESSIEURS, je vois frémir autour d'elle, dans le trouble & l'inquiétude, toutes ces Ombres Royales dont la politique ſavante avoit formé ce Corps de puiſſance ſi long-temps redoutable à l'Europe. Les jours de ſplendeur vont donc s'éteindre ; ce fleuve, groſſi depuis trois ſiècles par tous les ruiſſeaux qu'il a confondus dans ſon ſein, peut ſe diviſer & couler ſans gloire après avoir perdu juſqu'à ſon nom. Que reſte-t-il à Charles VI ? Emportera-t-il dans le tombeau la crainte déſolante de voir ce magnifique ouvrage déchiré, & le regret plus amer encore de laiſſer ſon auguſte Fille aſſiſe ſur des débris ? Non ; pour répondre à l'attente de toute ſa race, il épuiſera les précautions de la ſageſſe, il invoquera la foi des pactes publics. Les Rois, les Peuples ſe réuniront, l'Europe entière conſpirera pour aſſurer l'immobilité de cet immenſe héritage entaſſé par les ſiècles; & auſſi confiant que David, ce Monarque dira au fond de ſon cœur : Tout eſt prévu; rivalités, jalouſies, intérêts, tout eſt enchaîné ; les deſtins de ma Maiſon ſont fixés. *Dixi in abundantiâ meâ : Non movebor ampliùs.* Pſ. 29

Politique humaine, que vous êtes foible & trompeuſe ! Un plus puiſſant génie veille du haut des Cieux, & diſſipe comme une fumée légère tous les conſeils de la prudence. Mais l'orage eſt encore caché dans la nue. Inveſtie de cette gloire antique, dont tous les rayons viennent ſe confondre ſur elle, MARIE-THÉRÈSE croît au milieu des ſceptres & des couronnes ; déja s'ouvre à ſes yeux le ſanctuaire du pouvoir & de l'autorité. Avec quel attendriſſement tous les regards s'attachent ſur cette fleur brillante, qui reſte ſeule, qui s'échappe d'une tige féconde dont la racine ſe deſſéche, & dont le nom même eſt frappé de mort ! L'orphelin, le pauvre, le foible, tous ſont heureux des promeſſes de l'avenir ; elles deviennent l'intérêt de tous les Etats, le bien particulier de chaque famille. La jeune épouſe ne craint plus la fécondité ; le vieillard accablé d'années laiſſe à ſes enfans ce précieux héritage, & meurt conſolé. En vain le Démon de la guerre frémit encore aux rives du Danube ; toutes les ſources de la félicité publique ſont prêtes à s'épancher de l'ame de MARIE-THÉRÈSE. On n'écoute, on ne ſent que ces magnifiques préſages ; un hymen déſiré les confirme : il unit deux noms conſacrés pour ainſi dire à la Souveraineté. Je ne ſais quel charme eſt attaché au vieux reſpect d'un ſang illuſtre ; il ſemble que l'éclat qui le ſuit à travers les ſiècles, porte avec lui un préjugé particulier de bienfaiſance & de protection (eh ! que ne devoit-on pas attendre du ſang de l'immortel Léopold (1), Duc de Lorraine ?). Tous les cœurs volent ſur les pas de ce Couple auguſte. La paix vient méler ſes douceurs à de ſi vives eſpérances ; le Midi, le Nord, tout eſt tranquille : il ne reſte à MARIE-THÉRÈSE que de régner comme elle a vécu.

Elle règne. La mort ſoudaine de Charles VI la précipite, ſi j'oſe ainſi parler, dans l'ivreſſe du pouvoir

(1) Léopold, Duc de Lorraine, père de l'Empereur François Ier.

absolu. N'en redoutez rien, MESSIEURS. Ah! c'est pour la vertu seule qu'il eût été permis d'inventer le despotisme. A la voix de MARIE-THÉRÈSE les prisons s'ouvrent, les chaînes des malheureux se brisent, l'ordre renaît dans les Conseils; le zèle, le génie, le talent, tout se met à sa place. Du haut de ce Trône où elle vient de s'asseoir, ses premiers regards se portent sur la Hongrie, sur ces Diètes orageuses qui l'attendent, & ne lui offrent qu'un sceptre courbé sous d'antiques priviléges. Sans doute le désir de conquérir les cœurs est la première vanité d'un jeune Souverain; mais l'intégrité de son pouvoir, la fierté de son sang, l'exemple de ses aïeux, l'espoir superbe d'asservir l'opinion dès le premier pas de sa carrière, s'élèvent ensemble dans l'ame de MARIE-THÉRÈSE contre les conseils de cette vanité même. La gloire d'être juste l'emportera sur toute autre gloire : *Vous serez libres*, dit-elle à cette belliqueuse Noblesse; *je le jure, soyez fidelles*.... O serment de protection & de justice, quels droits vous assurez à MARIE-THÉRÈSE sur un Peuple sensible! De quel prix, de quel serment vous serez payé!.... Cette justice, MESSIEURS, souffrez cette expression, est la grande usure des Rois; & en attendant des temps malheureux qui ne sont pas éloignés, que de biens la reconnoissance & l'amour vont lui rendre, en échange des tristes plaisirs de l'orgueil! Qu'elle paroisse à Presbourg, Souveraine adorée, elle enchaînera toutes les

défiances ; ſa bonté, plus puiſſante que les lois, ſera plus abſolue que le deſpotiſme même. Ah ! la ſoumiſſion eſt ſans réſerve, lorſque la liberté eſt ſans alarmes ; plus de barrières entr'elle & le cœur des indociles Hongrois. Tout eſt calme, tout repoſe à ſes pieds ; & ce n'eſt pas ce repos affreux qui, dans la ſervitude, reſſemble au ſilence de la mort : c'eſt la douce confiance d'une famille nombreuſe, ſatisfaite & tranquille ſous la main pater-
Iſ. 14. nelle. *Conquievit in conſpectu ejus, & ſiluit omnis terra.*

Hélas ! ſi le Ciel l'eût permis, cette paix univerſelle, qui ſe montre à l'aurore de ſon Règne, en eût conſacré toute la durée. Mais les décrets éternels vont s'accomplir. Au ſein de ce calme apparent, je ne ſais quelle raiſon d'Etat allume, irrite tout-à-coup la jalouſie & la cupidité. Le nuage groſſit bientôt ; la tempête gronde de toute part : la Saxe, la Bavière, l'Eſpagne, la Pruſſe conjurées, s'agitent & menacent à la fois une Reine
Iſ. c. 14. novice encore, & un Empire épuiſé. *Omnes Principes terræ ſurrexerunt de Soliis ſuis, omnes Principes Nationum*.... Où courez-vous, Puiſſances ennemies d'un pouvoir que Charles-Quint a détruit lui-même en le diviſant ? O François, vous vous méprenez ; le fantôme qui vous trouble fut enſeveli ſous vos coups dans les plaines de Lens & de Rocroi. Quoi ? ces pactes, ces ſermens, cette foi jurée... Politiques ſanguinaires, je ne vous juge pas, le Ciel a prononcé : laiſſons ce redoutable arrêt dans les profondeurs de l'éternité. La

Religion peut gémir dans ses sanctuaires ; mais elle doit au secret des Rois l'hommage du silence : ce qui lui appartient, c'est le droit d'observer jusques dans l'égarement des conseils humains, la trace de cette main souveraine qui domine tout.

La voilà étendue, cette invincible main, sur la tête de Marie-Thérèse; elle emporte, elle dissipe en un moment tous les enchantemens, toutes les impostures, tous les prestiges du rang & de l'habitude. Cette pompe, ce pouvoir, cette indépendance qui séduit & qui trompe, tout s'évanouit : le malheur se montre ; maître impérieux, sévère, impitoyable comme la vérité, il se montre inévitable, imprévu, avec le trouble qui l'accompagne, & l'épouvante qui le suit. A son aspect, tout change aux yeux de Marie-Thérèse; le Diadême se ternit sur son front ; ce Trône où tous les vœux l'ont placée, suspendu sur un abîme, ne brille plus pour elle que d'une lumière sombre & funeste. Hélas! l'étendue même de sa puissance devient la mesure de sa foiblesse ; elle ne voit autour d'elle que confusion, incertitude, irrésolution : Peuples, Soldats, Courtisans, Ministres, Généraux, tout est consterné.

Placez-vous, Messieurs, dans ce point de vue ; embrassez ce formidable tissu que la Politique avoit formé, cette vaste enceinte de terreur, cette chaîne de périls dont elle avoit investi une jeune Reine, sans défiance & sans précaution. Voyez ces torrens qui se débordent de tous côtés, & portent avec eux la désolation & le ravage; l'Autriche sans remparts, Vienne sans défenseurs, une Souveraine de vingt-cinq ans, dans le premier tumulte de ses pensées, tremblante, éperdue au milieu de ce même Palais, tout plein de la majesté de ses Aïeux. Qu'attendez-vous? réclamera-t-elle en suppliante la sainteté des engagemens & la solennité des garanties? La verra-t-on s'humilier aux pieds des Puissances jalouses, absoudre l'Europe de l'infraction de ses promesses, trahir en un jour la gloire de trois siècles, & servir d'époque éternelle à l'abaissement de sa Maison?

Elevez-vous, Reine infortunée, jusqu'à la hauteur de cette grande mais terrible leçon! S'il faut succomber, restez encore debout au milieu des ruines; tout est perdu, mais tout n'est pas désespéré. Fuyez ces murs où la prospérité pouvoit vous amollir; fuyez seule, montrez-vous sans suite, sans armée, dans le silence auguste du malheur. Les cœurs sensibles n'attendent que vos larmes. Mais où fuir? quel asile assez sûr peut être ouvert à MARIE-THÉRÈSE? quel asile? celui où respire la liberté dans toute son énergie, l'audace dans toute son impétuosité, la fidélité, la reconnoissance, plantes sauvages, mais qui, dans un climat que nos mœurs n'ont point corrompu, gardent toute leur vigueur & toute leur pureté. Les grandes ames ont seules le secret de leurs ressources. Un Peuple fier, mais généreux, digne d'honorer le courage dans l'infortune, digne de mourir pour une cause juste:

juste : voilà le Peuple que le cœur de MARIE-THÉRÈSE a choisi pour périr avec elle ou pour la venger.

Qui pourroit retracer les mouvemens de cette ame indignée, mais calme ? Quel dur apprentissage des vertus qui feront sa consolation & sa gloire dans des jours plus heureux ? C'est dans ces momens, au milieu des horreurs de cette fuite humiliante, que s'impriment en elle, pour ne s'effacer jamais, les principes de cette foi vive, de cette piété éclairée, qui honore la Religion & la justifie. Ah ! sans doute, la Fille de tant de Césars, comblée de tous les dons de la Nature & de la Fortune, errante, proscrite, en quelque sorte, au sein de ses Royaumes, étoit, à ses propres yeux, un exemple assez frappant de la vanité de toutes les fortunes humaines. Au milieu de la pompe des Cours, Dieu parle à tous les Rois par ce pouvoir dont il est la source, par cet éclat, cette grandeur même qu'il réfléchit sur eux. *Vox Domini in virtute, vox Domini in magnificentiâ.* Voix trop souvent méconnue ! Ps. 28.
le Dieu de la gloire & de la magnificence ne fait que des ingrats. Ici, plus de Trône, plus d'hommages, plus d'honneurs : c'est le Dieu jaloux, seul grand, seul immuable, qui reste seul ; c'est lui qui environne MARIE-THÉRÈSE de deuil & d'effroi : la voilà seule sous la main de ce Maître suprême, qui l'instruit par des coups de tonnerre ! *Deus majestatis intonuit.* Mais il l'humilie Ibid.
sans l'abattre, & il épuisera les prodiges pour la consoler. Cette voix toute-puissante, qui ébranle les sphères, va

retentir en sa faveur sur les bords de la Drave, & jusqu'aux déserts de l'Esclavonie. *Vox Domini concutientis desertum.* Ibid. Elle va rassembler ces escadrons agiles, dont le choc est aussi imprévu qu'impétueux. *Vox Domini præparantis cervos;* Ibid. & de ces contrées barbares partira la foudre qui doit écraser la Politique, le Génie & le Talent. *Vox Domini concutientis desertum, commovebit desertum cades.* Ibid.

Mânes de Ferdinand, de Léopold & de Charles VI, ranimez-vous! suivez votre auguste Fille à travers ces campagnes fumantes encore des feux de la révolte, que l'abus de l'autorité avoit allumés; suivez-la au milieu de ces Diètes que l'oppression avoit rendues si formidables: tout a changé; ses bienfaits ont devancé ses larmes, & ses larmes, plus puissantes que vos nombreuses armées, vont donner des appuis & des vengeurs à ce même Sceptre insulté dans vos mains. Ah! vous avez ignoré que la reconnoissance nationale est le plus généreux de tous les sentimens.

Peignez-vous, MESSIEURS, la majesté sans appareil, le malheur sans découragement, la fermeté sans orgueil, les grâces sans foiblesse; un auguste Enfant penché sur le sein d'une Mère attendrie, souriant à ses farouches admirateurs: hélas! il ne connoissoit pas le prix de ce terrible moment. Représentez-vous une foule de Guerriers, l'œil enflammé, le cœur palpitant d'audace & de pitié... L'émotion passe de rang en rang: un respect religieux semble enchaîner tous les esprits.... Qu'une fausse éloquence ne profane point ici l'épanchement d'une grande ame; répétons sans art, avec MARIE-THÉRÈSE, l'accent de la douleur & de la dignité. Dieux de la terre, écoutez! Voici le langage de l'autorité, lorsqu'elle parle au sentiment & à l'honneur. *Abandonnée de mes amis, persécutée par mes ennemis, attaquée par mes plus proches parens, je n'ai de ressource que dans votre courage & ma constance; je remets en vos mains la Fille & le Fils de vos Rois, qui attendent de vous leur salut.*

A ces mots, tous les cœurs se brisent; on ne délibère pas, on se passionne: ce n'est pas la fidélité, c'est l'enthousiasme qui entraîne. L'amour, l'admiration, l'ivresse va faire le serment du devoir: tous, la main étendue sur leurs armes, ne forment plus, aux pieds de MARIE-THÉRÈSE, qu'une seule victime dévouée; tout leur sang bouillonne dans leurs veines, impatient de couler pour une si belle cause. Mourons, s'écrient-ils, pour notre Roi MARIE-THÉRÈSE! *Moriamur pro Rege nostro MARIA-THERESIA.* Mourons!.. Cri sublime! Infortuné Ragotzi, généreux Bercheny (1), si vous étiez encore sensibles, vous applaudiriez à ce transport. Ils ne disent pas: Marchons, allons combattre. Ces gradations lentes d'un zèle méthodique, leur ame embrasée ne les connoît pas; elle franchit tous les intervalles; ils ne voient que la mort; leur dernier soupir est leur offrande. Mourons! *Moriamur pro Rege nostro....*

---

(1) Chefs de la rebellion sous les derniers Règnes.

A l'inſtant où je parle, vous le répétez, MESSIEURS, ce cri ſi digne d'un cœur François. Vous frémiſſez, vous êtes vous-mêmes aux pieds de MARIE-THÉRÈSE. Voyez quelle douce majeſté brille ſur ſon front, avec quel attendriſſement elle reçoit le noble ſacrifice de la valeur & de la fidélité. Un rayon conſolateur luit bientôt à ſes yeux. Le courage qu'elle inſpire, ſes ordres, ſes prévoyances, les fautes de ſes ennemis, l'activité de ſes Généraux, tout ſemble promettre une révolution ineſpérée. Déjà, du fond de la Croatie, elle a ramené la confiance & l'audace ; déjà s'étonnent & ſe troublent, au ſein de leurs conquêtes, les Alliés victorieux. Au milieu de cette foule d'ennemis triomphans, conſidérez le Lion du Nord qui s'éveille ; ſes regards ardens ſemblent dévorer la proie que la Fortune lui marque : Génie impatient de s'offrir à la Renommée, vaſte, pénétrant, exalté par le malheur, & par ces preſſentimens ſecrets qui dévouent impérieuſement à la gloire certains Êtres privilégiés qu'elle a choiſis, je le vois ſe précipiter ſur ce théâtre ſanglant avec une puiſſance mûrie par de longues combinaiſons, & des talens agrandis par la réflexion & la prévoyance ; Soldat & Général, Conquérant & Politique, Miniſtre & Roi, ne connoiſſant d'autre faſte que celui d'une Milice nombreuſe, ſeule magnificence digne d'un Trône fondé par les armes. Je le vois auſſi rapide que meſuré dans ſes mouvemens, unir la force de la diſcipline à la force de l'exemple, communiquer à tout ce qui l'approche cette vigueur, cette flamme inconnue au reſte des hommes, que la Nature avoit cachée dans ſon ſein; marcher à d'utiles triomphes; diriger lui-même avec art tous les coups qu'il porte; attaquer ce tronc chancelant ſur lequel MARIE-THÉRÈSE eſt appuyée, en détacher bruſquement les rameaux les plus féconds; & s'élevant bientôt au-deſſus de l'Art même par la fermeté de ce coup-d'œil que rien ne trouble, montrer déjà le ſecret de ces reſſources qui doivent étonner la Victoire même, & tromper la Fortune lorſqu'elle lui ſera contraire.

Tel étoit Frédéric, le redoutable Rival de MARIE-THÉRÈSE; tel le précipice que deux cents mille bras armés creuſoient ſous les pas de l'Héritière de Charles-Quint. Mais le Dieu qui l'éprouve eſt un Dieu juſte; elle a béni ſes rigueurs, elle doit intéreſſer ſa juſtice. Son intrépidité croît avec le péril. L'eſpoir renaît; ſes drapeaux, obſcurément repliés dans les murs de Vienne, flottent aux campagnes de Scherding & de Lintz, ſe montrent à la victoire & l'entraînent. Les beaux jours de Charles VII s'évanouiſſent comme un ſonge: l'Autriche & la Bohème ne connoiſſent plus d'autre Maître que MARIE-THÉRÈSE; elle rejette, au ſein de ſes ennemis, la terreur & la déſolation; l'honneur des retraites devient leur partage. Moment de triomphe & d'ivreſſe! & il eſt permis à un Orateur Chrétien de le célébrer: oui, l'ami de l'humanité peut arrêter ſes regards ſur les trophées de MARIE-THÉRÈSE. Au milieu des cris des vainqueurs, on n'entend point autour d'elle les cris inſolens d'un Peuple conquérant; ce champ d'horreur & de mort n'eſt pas du moins l'exécrable autel de la Fureur & de l'Ambition : la néceſſité abſout ici la victoire. Tout plie, en effet, ſous l'effort de ſes armes. Ce n'eſt point aſſez, tout va céder encore au vœu le plus preſſant de ſon cœur; elle n'attendra pas qu'une paix, trop long-temps diſputée, ramène à ſes pieds l'Aigle des Céſars, un moment infidelle; de nouveaux revers rendent ſon vol encore incertain, rien n'étonne MARIE-THÉRÈSE; elle brave les victoires de Friedberg & de Fontenoy : ſon puiſſant génie deſsèche, en quelque ſorte, dans la main de ſes ennemis, les lauriers qu'ils viennent de cueillir contr'elle; & au milieu de ces lauriers même, elle va ſaiſir la Couronne Impériale qu'elle place ſur la tête de François Premier.

Ouvrez, MESSIEURS, ouvrez les faſtes du monde. Nul Conquérant, nul Règne ne ſoutiendra le parallèle de cette gloire dont je viens de vous offrir rapidement les principaux traits. Le tombeau de Charles VI eſt à peine fermé, les larmes de ſon auguſte Fille coulent encore : les rènes de tant d'États diſperſés flottent dans ſes mains timides & incertaines; alliances, traités, reſſources, tout lui eſt inconnu, juſqu'au nom du malheur. Tout-à-coup le cri de la guerre, l'exploſion ſoudaine d'une Politique jalouſe, l'embraſement de toutes ſes Provinces, la honte, la conſternation, l'épouvante, l'arrachent du pied de ce tombeau pour la porter... dirai-je au milieu de ſes camps? elle n'a point d'armée; dans les bras de ſes Alliés? les mers l'en ſéparent; dans quelque retraite plus sûre? hélas! les aſiles manquent au beſoin le plus intéreſſant & le plus reſpectable de ſon ſexe (1). Son ame lui reſte ſeule : point d'autre port dans la tempête ; & tous les flots amoncelés qui mugiſſent autour d'elle, n'arrivent point juſqu'à cette hauteur où le ſentiment d'une foi vive qui eſpère tout, & le juſte orgueil d'une indépendance qui brave tout, ont placé cette illuſtre Infortunée.

Je m'arrête avec complaiſance, MESSIEURS, ſur des ſuccès dont j'oſe dire que nous nous conſolions en les admirant ; car nous ſommes trop grands pour ne pas honorer la vraie gloire juſques dans un Rival heureux. France, tu ne me déſavoueras pas ; tu combattois contre tes plus douces deſtinées. Quels triomphes euſſent égalé le bien dont tu jouis ! C'eſt par les horreurs de la retraite de Prague que le Ciel le préparoit ; elle immortaliſa tes Guerriers, elle fonda l'eſtime de MARIE-THÉRÈSE. Supérieure à ces vieilles haines politiques, qui, chargées de la rouille des temps, deviennent, pour les eſprits ſerviles, des formules de gouvernement, elle ſentit qu'après avoir enchaîné la valeur de la plus aimable Nation de l'Univers, elle pouvoit la conquérir par le plus ineſtimable de tous les bienfaits. Dès ce moment, elle s'élève vers l'avenir ; elle franchit ce petit cercle héréditaire de défiances & de préjugés dont l'éducation l'avoit inveſtie. Lorſque les temps auront mûri ſes projets & ſes eſpérances, ſon cœur, de concert

---

(1) Elle écrivoit à la Ducheſſe de Lorraine, ſa Belle-mère : *J'ignore encore s'il me reſtera une ville pour y faire mes couches.*

avec sa sagesse, ratifiera ce Pacte célèbre, que l'immortel Richelieu n'avoit pas prévu, mais qu'il avoueroit.

Écartons, MESSIEURS, ces tableaux funestes, oublions qu'il a fallu vaincre. Le mouvement de cette espèce d'héroïsme n'est point encore assez pur pour subjuguer l'admiration du Sage. Eh ! qui ne sait que l'extrême infortune élève l'ame, que le désespoir a ses ressources ? La force même de la situation supplée tout, & l'énergie qui en résulte n'est souvent qu'une surprise faite à une nature foible & commune : c'est l'ame solitaire & refroidie qu'il faut interroger. La paix est jurée : après la gloire des triomphes nécessaires, il n'en reste qu'une digne du caractère de MARIE-THÉRÈSE & de ses principes, celle d'étudier, de connoître, de juger son Peuple, & de le rendre heureux par ses mœurs. Elle ne s'y méprend pas. Nul intervalle, nul sommeil entre l'épuisement de la guerre & les fruits de la paix : son Peuple en goûtera les douceurs, elle s'en réserve les travaux. Nouveau genre de victoire, MESSIEURS, plus frappant peut-être que celui dont l'éclat a pu vous éblouir. Du sein de ces trophées sur lesquels on l'a forcée d'affermir son Trône, elle promène ses regards sur l'Europe; elle distingue un mouvement nouveau qui l'agite; plus d'activité dans les Arts de luxe, plus de recherche dans les plaisirs, plus d'inquiétude dans les esprits, plus d'audace dans la raison; en un mot, un effort général pour s'élancer hors des limites connues, dans l'espoir d'atteindre les dernières retraites de la vérité : tentation délicate pour une Reine jeune, ardente, senſible aux dons, aux promeſſes, aux erreurs même du génie ; tentation qui pouvoit être juſtifiée par la noble ambition de créer un Peuple nouveau.

Qu'on exalte ces Souverains, qui entreprennent de commander à la Nature & au climat, qui décompoſent une Nation pour l'élever, qui portent au milieu d'elle des Arts étonnés de ne trouver que des reſſorts & des habitudes qui leur réſiſtent ; moi, je louerai MARIE-THÉRÈSE d'avoir ſenti qu'il y a une induſtrie, un mouvement, une raiſon de chaque Pays, qui forme l'empreinte originale des Nations, & entretient dans les eſprits une ſorte d'unité morale, principe de toute proſpérité dans un Gouvernement. Je la verrai avec tranſport dominant un ſiècle qui dominoit tout, ſe refuſer à ſon brillant délire, repouſſer ſa fauſſe opulence & planant comme l'aigle au-deſſus de l'atmoſphère paiſible de la Germanie, y verſer une chaleur féconde, qui développe & met en activité ſes forces naturelles. Elle ne ſe diſſimule pas que les éclairs de cette lumière moderne qui étincelle de toute part, peuvent éblouir des yeux que la Nature a faits plus ſages que perçans, plus arrêtés que curieux ; que les premiers fondemens de la raiſon humaine, poſés & affermis par la main du Temps dans des têtes froides & tranquilles, ne peuvent être ébranlés ſans péril ; que tout alliage eſt dangereux ; que ces prétendues découvertes, dont les autres climats s'énorgueilliſſent, peuvent, en mélant aux productions nationales des sucs étrangers, altérer le sol même & le corrompre : elle fait enfin que la marche de l'esprit Germanique est d'autant plus ferme, qu'elle est moins précipitée ; qu'il n'adopte rien par légèreté ; qu'il ne quitte rien par inconstance, & que le mal pourroit devenir invincible, s'il s'établissoit par des progressions lentes & sourdes.

Guidée par cette haute Politique, elle se concentre, pour ainsi dire, dans le caractère de son Peuple. Point de pompe, point de faste. Entourée de ses vertus, que lui importe le vain appareil du Trône ? que l'Autriche, que la Bohème respire ; que l'ordre renaisse, qu'il peigne la majesté de Marie-Thérèse comme l'accord de toutes les parties de l'Univers peint la Majesté Suprême ; que cette ardeur guerrière, noble héritage des anciens Germains, devienne plus savante & plus éclairée ; qu'une Education publique, plus soignée, prépare les générations futures ; que les Manufactures nationales se raniment ; que les Arts se réveillent, ces Arts des bonnes mœurs, enfans de la Nature, qui fortifient la masse politique par le rapprochement des Etats & la modération des jouissances ; que le Commerce intérieur prenne plus d'aliment & de vie, la Loi plus de consistance & de lumière, la Science rurale des méthodes plus fécondes & des principes plus fixes ; que le Luxe, que l'Esprit nouveau, dont le poison circule comme l'air dans toutes les parties de l'Europe, trouve un mur d'airain qui s'oppose à ſes funeſtes conquêtes ; que toutes ces futiles & laborieuſes manies, reproduites & perpétuées par notre infatigable frivolité, ſoient proſcrites par d'inflexibles Loix; qu'aucune nouveauté ſtérile ne contraſte avec l'habitude; que rien ne trouble, rien n'étonne, rien n'éblouiſſe : utilité, ſimplicité, voilà toute l'étude de la vie de Marie-Thérèse, & tout l'emploi de ſes forces. Peuple reſpectable, ah! ne nous enviez pas les inquiétudes, les élans, les ſonges, les tourmens de notre foible & ambitieuſe raiſon ; laiſſez-nous nos paradoxes, nos ſyſtêmes, nos vanités, nos erreurs, nos efforts, nos ſuccès même, & gardez vos paiſibles vertus.

Qu'il faut être grand, Messieurs, pour ſe réſoudre à l'être avec meſure! Que de hauteur, que d'élévation dans cette popularité de penſées & de ſentimens, dans cette ſage activité d'une ame éclairée qui ſe captive, ſe borne au beſoin, ſe laiſſe maîtriſer par les convenances, oublie qu'il y a une gloire & une renommée, pour s'occuper du ſeul mérite néceſſaire, du ſeul talent qui honore un Roi, le talent de régner! Et au moment où, ſemblable au Prophète Elie, Marie-Thérèse prend la forme de ce corps qu'elle ranime en lui communiquant le degré de vie dont il eſt ſuſceptible, ne penſez pas que les grands intérêts lui ſoient étrangers. L'expérience lui a trop appris que les Rois ne connoiſſent qu'une juſtice armée; & cette juſtice, hélas! qui n'eſt que l'abus plus ou moins heureux de la force, il faut la rendre formidable. Ici ſe forme une

École où les Talens réunis aux Vertus, façonnent une Jeunesse ardente à l'amour des devoirs & au mépris des périls : là s'élève le Lycée de Mars, dépôt terrible, où l'Art & le Génie se donnent la main pour asservir & fixer la victoire dans les combats. Affreuse précaution! MARIE-THÉRÈSE détourne les yeux de ce dépôt funeste; mais l'intérêt d'un Peuple qu'elle doit protéger, lui rend ce soin nécessaire. Des mains fidelles, que dis-je? fidelles, ah! disons généreuses, s'empressent à seconder ses vues. L'ordre, la discipline, le respect des Mœurs s'établit au milieu de cet Apprentissage d'audace & d'horreur. Quel est ce Monument que l'œil étonné distingue dans ce lycée? sans doute c'est l'image adorée de MARIE-THÉRÈSE? Non. O Lichtenstein! C'est toi-même que tu contemples au sein de ces travaux, dirigés & soutenus par ton zèle. Tu n'oses en croire tes regards attendris; approche, & reconnois le cœur de ta Souveraine : l'honneur n'est-il pas le seul prix de l'honneur? Qu'on vende aux Souverains ses talens & ses veilles, je n'en suis pas surpris. Hélas! veulent-ils être aimés? c'est le Trône, c'est la puissance, ce n'est pas l'homme sensible que l'on sert. Dans MARIE-THÉRÈSE, c'est la gloire de MARIE-THÉRÈSE même qu'on idolâtre : c'est à son ame qu'on se dévoue; & les rayons de cette ame épanchés sur tous ceux qu'elle en croit dignes, sont la plus noble récompense de tous les sacrifices du zèle & de la fidélité.

Au milieu de cet héroïsme pacifique, quelle intempérie nouvelle, quelle malignité arrache MARIE-THÉRÈSE à ses plus douces espérances? Un nouvel orage éclate, Triste illusion de la gloire des armes! elle enflamme, elle passionne. Une convulsion générale agite au-dehors tous les esprits, tandis que la langueur & la mort frappent le cœur de l'Etat. Avec quel regret MARIE-THÉRÈSE voit le cours tranquille de sa sagesse suspendu par le tumulte & l'emportement de la guerre! Il vit, ce Héros que l'art de vaincre rendit si redoutable, & que le seul art de régner qu'il n'a pas moins connu, pouvoit rendre si célèbre. Je vois par-tout ses lauriers mêlés aux palmes de MARIE-THÉRÈSE. Mais n'attendez pas, MESSIEURS, que je vous raconte cette suite de combats dont frémissoit l'humanité. Ma voix n'est point destinée à ces récits: ce que je dois vous faire observer, c'est le nouveau genre de force & de courage que MARIE-THÉRÈSE oppose à ce nouveau choc. L'inévitable Frédéric est par-tout, prévoit tout, répare tout, trouve le triomphe où ses Généraux n'aperçoivent que l'humiliation & le désespoir; c'est la foudre qui sillonne l'air d'un pole à l'autre & porte en tous lieux le ravage & l'effroi. MARIE-THÉRÈSE immobile au fond de son Palais, prévient, déconcerte, arrête tous les mouvemens d'un ennemi qui semble se multiplier & se reproduire: c'est une colonne majestueuse qui soutient seule un édifice immense, dont quelques morceaux détachés par la violence des secousses, n'ébranlent point la solidité. Le malheur & la gloire sont partagés.

Hélas! au moment où je parle, cette affreuſe gloire agite encore les Nations. Pourquoi les derniers eſprits de MARIE-THÉRÈSE ne ſe répandent-ils pas ſur les deux hémiſphères? Ils calmeroient les mers, tous les ports s'ouvriroient à l'induſtrie & à la liberté. Mais, non: ſoulevez plutôt, ô mon Dieu! ſoulevez l'Océan de votre puiſſante main; qu'il devienne une barrière inſurmontable à nos efforts, & ſéparez pour jamais deux Mondes qui ne ſe rapprochent que par la fureur & la cupidité.

Pardonnez ce mouvement, MESSIEURS; mon ſujet me l'inſpire. Eh! comment ne point aimer les hommes, lorſqu'on repoſe un moment ſur les penſées de MARIE-THÉRÈSE? Voilà l'hiſtoire qu'il faut étudier, & non ces écrits où l'amour de l'humanité n'eſt ſi ſouvent qu'un vœu froid & ſtérile. MARIE-THÉRÈSE ſeule a connu de nos jours cette paſſion des Titus & des Marc-Aurèles. Et quel dût être l'eſſor de cette paſſion, aſſociée à un grand pouvoir & à un grand caractère! Dans un rang ſubalterne, l'amour de l'humanité n'a que des effets limités & circonſcrits; mais ſur le Trône, ſon activité peut être ſans bornes: il anime, il étend les vues de la politique, il excite les grandes prévoyances, il donne au génie du gouvernement plus de vigilance & de profondeur; il influe ſur le bonheur de tous les Etats, dont les intérêts ont entr'eux une réaction néceſſaire: tel il s'eſt montré dans l'ame de MARIE-THÉRÈSE, & je ne crains pas de le dire, ce ſentiment ſublime a conſacré l'événement même dont l'austérité de quelques Sages a paru blessée.

Ne laissons rien ici à la prévention & à l'envie. Osons juger Marie-Thérèse ; elle ne redoute pas l'œil sévère de la raison. Mais pour la juger, il faut s'élever avec elle & se placer à ses côtés sur son Trône. De cette hauteur jettez les yeux sur la Pologne. Voyez un Peuple sans administration & sans Loix ; un sceptre sans mouvement & sans vigueur ; deux Puissances qui se portent de concert au milieu de cette anarchie, & se désignent fièrement leur conquête ; Puissances jalouses, dont l'activité menaçante ne connoîtra plus de frein si elle cesse de craindre l'égalité ; Puissances rivales, dont le débordement, s'il n'est pas balancé, va peser sur les Etats de Marie-Thérèse, & rompre l'équilibre du Nord. Comptable de la tranquillité de l'Empire, auriez-vous écouté une délicatesse qu'on n'écoutoit pas ? délicatesse inutile à la Pologne, funeste à l'Autriche, à l'Europe entière. N'en doutons point, Messieurs, il est une justice supérieure aux règles communes. L'indiscrète censure n'aperçoit dans cet événement que le droit de la force & de la bienséance violemment exercé ; mais qu'elle distingue les circonstances & les motifs ; qu'elle avoue que l'exemple étoit donné, que la raison d'Etat, Loi suprême des Rois, faisoit taire tous les conseils d'une modération dangereuse, parce qu'on ne l'eût point imitée ; qu'elle se représente ce cadavre politique, sans couleur & sans vie, heureusement fondu dans une masse de Citoyens pleine de chaleur & d'activité; un Protecteur à la place de mille Despotes; un Peuple qui traînoit au milieu de ses diètes turbulentes l'orgueil & l'impuissance, tranquille, régi par des Loix justes; heureux enfin d'échanger les misérables restes d'une liberté déchirée, contre le calme & la douceur d'une soumission honorable.... & tous les doutes, tous les nuages seront dissipés.

M'accuseriez-vous, MESSIEURS, de surprendre ici votre jugement? Ne m'en croyez pas, descendez vous-mêmes au fond du cœur de MARIE-THÉRÈSE; découvrez-y, s'il est possible, ou le germe, ou la trace, ou quelque disposition complice d'une grande erreur. Quoi! par une subversion subite d'habitudes & de principes, cette injustice se seroit placée au milieu de tant de vertus, seule, isolée dans cette belle vie pour en démentir la gloire? A qui appartiendroit cette espèce de monstre? Est-ce au respect que MARIE-THÉRÈSE a montré pour les priviléges de ses propres Sujets? est-ce au noble désintéressement que lui inspira toujours l'amour de la paix? est-ce à ces maximes de religion & de foi, qui l'ont constamment guidée pendant un Règne de quarante ans? Ah! ce n'est pas au pied des Autels, au milieu des tombeaux, & en quelque sorte sous la main de la Mort qu'un Souverain va prendre des leçons d'usurpation & de cupidité. Le Christianisme du moins est un frein de plus; je dis le Christianisme senti, pratiqué: & voilà, MESSIEURS, la solide gloire de MARIE-THÉRÈSE, celle qui la distingue

sur-tout

ſur-tout de ces Hommes célèbres, vaine décoration de ce monde auſſi vain que leur célébrité. Ils ſécheront ces lauriers qui décorent ſon cercueil ; ces Arts utiles qu'elle a créés, ces Loix, ces monumens de prudence & de ſageſſe, ſon nom même, l'hiſtoire qui le conſerve, ce vaſte Empire qui le chérit, tout périra. Au milieu de ces ruines, il ne reſtera qu'un ſeul titre, le titre de Chrétien ; un ſeul mérite, le mérite de la foi ; & ce titre, ce mérite ſeul éterniſe dans Marie-Thérèse & conſacre tous les autres. Proſpérité, ſuccès, grâces, jeuneſſe, prérogatives du rang, tout fut ſoumis à cette foi, règle unique de ſes penſées & de ſes mœurs. Quel ſpectacle que celui de la Majeſté aſſervie à la toute-puiſſance ! C'eſt par ce triomphe que Dieu eſt ſenſiblement Dieu. Dans les conditions ordinaires, la Religion a plus d'eſpérances que de rigueurs, plus de conſolations que de ſacrifices. Hélas ! (& nous l'éprouvons tous) pour le commun des hommes le temps eſt ſi ingrat & ſi vuide, que le cœur a beſoin de l'éternité. Mais pour les Maîtres du monde, que cette éternité eſt importune ! que la prévoyance eſt foible contre le ſentiment ! De quel prix doit être pour eux ce temps dont les illuſions ſont ſi douces & les jouiſſances ſi enivrantes ! Qu'elle doit être puiſſante la conviction qui emporte l'ame à travers les ſéductions toujours renaiſſantes de l'orgueil & des ſens, pour la fixer aux pieds de ſon auteur, ſans diſtraction & ſans partage ! Mais cette conviction ſi rare tenoit à la force même & à la grandeur du caractère de MARIE-THÉRÈSE. Oui, son ame étoit trop haute, trop élevée pour n'être pas Chrétienne: c'étoit la seule croyance, le seul aliment qui fut proportionné à son être. Dieu lui étoit nécessaire. Ce Trône ébranlé jusques dans ses fondemens, l'aveugle main du hasard l'avoit-elle raffermi? Pouvoit-elle descendre à cette vile pensée? Ah! elle s'ennoblissoit elle-même en se représentant le souverain Etre occupé de ses malheurs & de sa destinée: tout autre arbitre entr'elle & ses ennemis n'eût pas été digne de son cœur, & c'est en redoutant sa justice, qu'elle honoroit ses immenses miséricordes. De-là cette piété tendre, cette fidélité délicate qui marqua tous les momens de sa vie; toute loi, tout précepte évangélique lui fut sacré: elle croyoit devoir autant d'exemples qu'elle recevoit d'hommages. Quel triste privilége en effet dans le rang suprême, que celui de tout enfreindre, d'oser tout, de dénaturer tout par l'invincible autorité de l'exemple, d'ôter au crime sa honte, au vice son scandale, au désordre son obscurité, à l'irréligion son masque, & de précipiter toute une Nation dans le plus irréparable de tous les malheurs, celui d'attacher le ridicule au respect des Loix & des pratiques saintes! & souffrez que je l'observe, MESSIEURS; ce n'est pas dans la solitude des Cloîtres, dans l'impuissance & l'abandon de la misère, qu'éclate cette pureté de soumission & de zèle: c'est sur un Trône, au milieu des victoires & des trophées; ce n'est pas dans ces siècles obſcurs, trop avilis aux yeux de la raiſon pour tenir un rang dans ſes faſtes, c'eſt de nos jours, ſous nos yeux, au milieu des progrès de l'orgueil & de l'indépendance; enfin ce n'eſt pas dans une ame molle & puſillanime: une auſſi longue carrière de force & de ſageſſe défend trop bien Marie-Thérèse contre cette lâche calomnie de l'impiété.

Que prétendez-vous donc, détracteurs téméraires de la Religion, vous qui croyez que l'œuvre d'un Dieu peut dégrader l'ame de l'homme? Parlez: à quel prix permettez-vous d'eſpérer votre importante admiration? Que demandez-vous dans un Roi? l'intrépidité dans les périls, la fermeté dans les revers, l'éclat dans les ſuccès, le diſcernement des hommes, une politique éclairée, l'accord de la raiſon & de l'autorité, le reſpect de la liberté publique? La Bohème, la Hongrie, l'Autriche, tout l'Empire crie à la fois: Voilà Marie-Thérèse! Mais cette modération ſi rare dans la proſpérité, cet amour de la paix ſupérieur à l'ivreſſe des victoires, cet oubli généreux de ſes pertes que vous n'exigez pas & que le Chriſtianiſme inſpire, dans quel rang le placez-vous? Mais ces maximes ſévères que vous ne cherchez pas, ces principes d'un ordre plus élevé que la morale humaine, ces germes de bonté, de ſenſibilité, qu'elle a verſés dans des cœurs qui font le bonheur de la moitié de l'Europe, qui font le vôtre, quelle eſtime leur réſervez-vous? Foibles Juges! le tableau eſt à peine ébauché,

& cette gloire vous étonne, vous accable. Vous détournez en vain vos regards de ces Autels : voilà ſon école ! l'eſprit de ce même Dieu qui l'inſpira vous inveſtit ; c'eſt aux pieds de Jésus-Christ que cette grande ame s'eſt formée. Quel Maître, ſi nous étions dignes de l'entendre ! mais ſa voix n'eſt plus reſpectée, elle eſt à peine connue. Eh ! que cherchons-nous donc dans ces Eloges prononcés ſur le trône de la Mort ? Hélas ! nous en avons fait un vain ſpectacle de curioſité. Les tombeaux ſont muets aujourd'hui, ces Prédicateurs ſenſibles n'ont plus rien de ſombre & d'impoſant ; plus d'inſtruction, plus de terreur : la vie & la mort des Souverains, tout, dans ces triſtes ſolennités, eſt également perdu pour nous. Ce moment écoulé, nous rentrerons ſur le fragile théâtre de la vie, vains acteurs que nous ſommes, avec toute la ſécurité de l'orgueil, & tout l'abandon de l'indifférence. O cœur religieux de Marie-Thérèse, parlez ici à ma place ! Vous appartenez à toutes les Nations : inſtruire ou confondre, voilà le droit naturel de la vertu. Que reſte-t-il donc à ce ſiècle pervers, s'il abuſe de ſon admiration même, la derniere grâce que le Ciel accorde à la préſomption & à l'indocilité ?

Achevons, Messieurs. Vous venez de voir à quels traits on doit reconnoître la vraie gloire ; tout eſt pur dans la renommée de Marie-Thérèse. Il me reſte à vous montrer le noble uſage qu'elle a fait de ſon autorité : tout fut conſolant ſous ſon Empire.

SECONDE PARTIE.

Où porterai-je votre admiration, MESSIEURS? quelle abondance d'images & de faits ſort, pour ainſi dire, de cette vie toute Royale? Dans un Eloge ordinaire l'Orateur peut donner de la couleur & du mouvement à quelques faits célèbres qui ſurnagent en quelque ſorte au milieu du vuide de la vie; ici tous les genres de ſurpriſe, d'intérêt, d'attendriſſement même ſont réunis..... & je vais parler de l'autorité! A ce nom formidable, qui, comme un coup de tonnerre, retentit ſi ſouvent dans la cabane du pauvre & fait couler ſes larmes, je ne ſais quel ſombre nuage s'élève dans l'imagination: le cœur ſe reſſerre; on ſe repréſente un ennemi vague & confus qui fatigue la liberté, qui pèſe ſur la penſée; car je ne parle point ici de l'autorité des Loix: égale, impaſſible, invariable, elle protége, elle vivifie. Dans MARIE-THÉRÈSE l'autorité ne fut autre choſe que le jugement de ſon eſprit, & le mouvement de ſon ame: telle on peignoit autrefois l'impérieuſe Fatalité, que rien ne dominoit & qui commandoit à tout.

Peuples, cette penſée vous alarme, raſſurez vous; une grande ame eſt le ſupplément des Loix. Pour les Souverains comme pour les Sujets, la néceſſité des formes n'accuſe que la corruption des mœurs. Ah! la vertu n'en a pas beſoin; que dis-je? elles ralentiroient ſa marche, elles éteindroient cette flamme ſacrée qui ſe nourrit, qui s'accroît de ſon ardeur même & de ſon activité. Un Roi toujours Roi, un Roi abſolu toujours juſte, un Roi juſte toujours ſenſible & humain : voilà le ſpectacle que je vais vous offrir. Ou mon ſujet me ſéduit, ou ces traits réunis forment le plus beau caractère moral qui ait jamais paru ſur le Trône.

Vous avez vu, MESSIEURS, MARIE-THÉRÈSE, ſe livrant aux premiers beſoins de ſon Peuple, lui imprimer ce mouvement général qui développoit ſes forces ſans compromettre ſon caractère & ſes mœurs. Suivons cette prudente Adminiſtration dans quelques-uns de ſes rameaux. Vous connoiſſez la fierté de la victoire ajoutée au ſentiment de la puiſſance arbitraire ; le prodige de la ſageſſe dans une jeune Reine eût été de craindre cette double ivreſſe : MARIE-THÉRÈSE oſe plus ; elle ſe fait juſtice, & ne redoute rien. Rien ne l'étonne, ni ſa grandeur, ni ſon pouvoir ; un ſeul Maître, une ſeule chaîne lui reſte, l'Équité : l'Équité ſe placera entr'elle & ſon Peuple, image auguſte & ſévère, que la main de la Flatterie ne voilera jamais ; l'Équité défendra ce Peuple contre tout ce qui environne le Trône, contre le Trône même. Ce genre d'Eſclaves qui ne rampent que pour opprimer, Vautours obſcurs, pour qui l'État eſt une proie toujours renaiſſante, ſera inconnu à ſa Cour ; elle jugera de tout en Roi ; ſa confiance, ſon eſtime ne ſera point le prix des agrémens frivoles ; l'Intrigue ſera vile & impuiſſante. Elle n'aura d'autre Favori que le talent, & le don ſi rare de ſentir & de penſer comme elle, ſera le ſeul art de lui plaire. Ce caractère une fois établi, MESSIEURS, il ne reſte plus d'admiration pour les détails : tout ſe ſuit, tout s'enchaîne, & l'abſence d'une ſeule vertu ſeroit plus étonnante que la réunion de toutes ne peut l'être.

Il ne ſuffit pas aux grandes Monarchies de renfermer dans leur ſein une multitude d'hommes fermes, patients, laborieux, qui ſachent aſſocier les travaux de la paix au génie de la Guerre : cette multitude immenſe ne préſente à l'œil politique que des hommes iſolés. Pour devenir un grand Peuple, ils ont beſoin d'un *Conſeil*, qui ſoit le principe & le modérateur de leur action. Tel eſt, dans le corps humain, cet eſprit inviſible, qui penſe, délibère, ordonne & fait mouvoir, à ſon gré, des inſtrumens aveugles & muets. C'eſt à la vigueur & à la ſageſſe de ce *Conſeil* que la fortune des Empires eſt attachée ; c'eſt lui qui forme une maſſe redoutable de toutes les forces ſéparées, qui détermine le beſoin, le moment & le degré de l'impulſion, qui crée, qui preſſe ou ralentit tous les mouvemens ; c'eſt lui qui interroge le paſſé, étudie le préſent, calcule l'avenir : il ordonne aux évènemens de naître ; il les ſuſpend, il les accélère, il aſſocie à la conſervation ou à la grandeur d'un État tous les êtres qui l'environnent, les vertus, les foibleſſes, les vices des Nations & des Souverains : il compoſe la deſtinée d'un Peuple des deſtins de tous les Peuples.

Tel a été, MESSIEURS, le *Conſeil* de Vienne, dont

Marie-Thérèse étoit l'ame; & remarquez quelle devoit être la ſageſſe, la force & l'activité de ce Conſeil. Il n'eſt que trop prouvé par le malheur des Peuples, que plus les Monarchies ſont étendues, plus leur Gouvernement devient difficile & compliqué; mais ſi elles ſont compoſées de pluſieurs grands corps, jetés à de grandes diſtances; ſi, comme l'Empire fondé par Charles-Quint, ce grand arbre étend ſes rameaux des frontières de la Tranſilvanie aux frontières de la France & de la Hollande, & du Nord de l'Allemagne a pouſſé des rejetons juſques dans l'Italie; ſi, parmi les différens Peuples qu'il couvre de ſon ombre, on rencontre des Loix, des Habitudes, des Uſages, des Priviléges différens; ſi la Langue, ce lien naturel des Sujets d'un même Empire, n'eſt point par-tout la même, alors une Adminiſtration ſans violence & ſans ſecouſſe, devient le chef-d'œuvre de l'eſprit humain. Il faut, de tous ces membres épars, ne former qu'un ſeul corps; il faut qu'un même Agent circule & atteigne du centre aux extrémités; il faut plier le même Gouvernement à des Légiſlations diverſes que les divers Peuples ont reçues de leurs Ancêtres: patrimoine ſacré, qui leur eſt d'autant plus cher, que cette Légiſlation eſt plus intimément unie avec leurs Mœurs; il faut ſur-tout remplacer l'amour de la Patrie par l'amour du Monarque, faire ſentir la Souveraineté, toujours préſente à ceux que l'œil du Souverain ne voit jamais; mais en même temps veiller ſur les Dépoſitaires du Pouvoir, & mettre un frein ſévère

au

au Despotisme subalterne, le plus impitoyable de tous. Quel art & quel génie dans ce résultat ! Voilà l'histoire du Règne de Marie-Thérèse. Avec quel concert toutes les parties de ce vaste Empire se combinent sous la main savante qui les dirige ! Il semble que Marie-Thérèse se transforme; ce n'est point au bruit des chaînes qu'elle contient cette masse, toujours prête à se désunir par le mélange & la rudesse de sa composition : on croiroit qu'elle verse sur chaque climat l'influence qui lui est propre. Ici elle modifie son autorité ; là elle la rend plus ferme & plus active. Elle ne souffre pas que l'Esprit particulier altère ses pensées, dénature ses desseins, sous le spécieux prétexte d'en étendre ou d'en précipiter le succès ; elle marque le but, & tout ce qu'elle associe à son auguste vigilance, y marche sans se distraire. L'immobilité des maximes, l'unité de vues & de volonté, ramène tout à un seul intérêt, donne à tout ce grand corps un mouvement égal & uniforme. Tels, dans l'immensité de l'espace, les globes attirés vers un centre commun par une force inconnue, marchent en silence, dans des directions diverses, pour produire l'harmonie générale.

Si nous suivons, au-dehors & dans les Cabinets de l'Europe, l'influence de Marie-Thérèse, nous la verrons déployer par-tout, à la tête de ce *Conseil*, la même dignité, la même profondeur; démêler la trace oblique & tortueuse de tous les intérêts qui se voilent; observer les mouvemens, ou apparens ou cachés, de toutes les Nations, depuis celles dont l'antique puiſſance repoſe ſur des baſes connues, juſqu'à celles dont la grandeur naiſſante, & par-là même plus formidable peut-être, parce qu'on n'en a pas encore la meſure, eſſaie, à chaque occaſion, le développement de ſes forces, en augmente l'effet par la Renommée, & joint à des moyens vaſtes cette première efferveſcence d'ambition & de gloire que donne, pour ainſi dire, la jeuneſſe à une Puiſſance nouvelle. Vous *, qui, dans ce labyrinthe immenſe, partageâtes les ſoins & les veilles de MARIE-THÉRÈSE, digne Confident de ſes penſées, dont l'œil eſt ſi perçant, l'action ſi puiſſante & ſi ſimple; vous qui marchiez d'un pas ſi sûr dans les temps les plus difficiles, tandis que tous les Conſeils Étrangers s'égaroient: c'eſt à vous de redire quel fut l'aſcendant de cette Politique patiente & calme, ferme ſans préſomption, vigilante ſans inquiétude, qui porta, dans toutes les Cours de l'Europe, non une activité de domination & d'audace qui remue tout pour tout aſſervir, mais une force de réſiſtance & de précaution, qui tempère, qui conſerve, & ne menace pas.

* M. le Prince de Kaunitz.

Peut-être, MESSIEURS, manquerois-je ici à votre attente, ſi j'éloignois de vos yeux un tableau vers lequel l'imagination ſemble ſe porter preſqu'involontairement. Qui de vous, en effet, ne rapproche pas, dans ce moment, la célèbre Éliſabeth d'Angleterre de l'immortelle MARIE-THÉRÈSE? Je ſais que la Religion les diſtingue; mais quel brillant parallèle pour l'Hiſtoire! Toutes deux honorant leur Sexe, leur Pays, leur Trône, ont donné des leçons de génie aux Rois, &, ce qui est plus rare encore, ont consacré le génie au bonheur des Peuples; toutes deux, exercées par le malheur, ont appris, dans la lutte pénible contre l'adversité, à fortifier leur caractère, à étendre les ressources de leur ame, à se soumettre les événemens, & à se faire un héroïsme de circonstances autant que de principes. Élisabeth, plus créatrice peut-être, & plus hardie, a préparé les ambitieux destins de l'Angleterre: Marie-Thérèse, plus mesurée, a déployé cette intelligence conservatrice qu'exigeoit la longue & antique domination de l'Autriche. La première, réprimant un Peuple impatient & fougueux, également terrible, soit qu'il sente l'excès de la servitude ou de la liberté, le contint sans l'avilir, & détournant cette activité inquiète vers de grands objets, lui créa, si j'ose ainsi parler, un nouvel apanage, la Mer; une nouvelle Patrie, les deux Mondes: la seconde, excitant un Peuple calme, & dès long-temps plié par la douce discipline des Loix & des Camps, lui a inspiré le goût d'une richesse utile, & d'un genre de conquête conforme à ses mœurs, celle de son propre Pays par le travail & l'industrie. Ainsi, l'une tourna vers l'Empire & la Fortune le génie de la liberté: l'autre a dirigé vers un bonheur tranquille le génie de l'obéissance. Toutes deux ont joui d'un pouvoir presque absolu; mais l'espèce de despotisme d'Élisabeth tenoit à son caractère, celui de Marie-Thérèse à la Constitution de l'État. Élisabeth, par sa fierté naturelle, tendoit sans cesse le ressort d'un Gouvernement, où les droits des Peuples étoient indécis, où les bornes mobiles de l'autorité étoient déplacées à chaque Règne par la foiblesse ou la fermeté des Monarques : MARIE-THÉRÈSE, en montant sur le Trône, hérita d'une puissance illimitée, appuyée sur plusieurs siècles, accrue &, pour ainsi dire, consacrée par l'opinion, cette première Législatrice des États, qui fonde ou justifie tous les droits ; mais cette Constitution, sans équilibre, trouva son contre-poids dans l'ame de la Souveraine qui devoit y présider. L'une enfin, par ses succès & sa grandeur, força le fier Breton de lui pardonner le despotisme de sa volonté ; l'autre, par sa modération & sa douceur, tempéra le despotisme des armes & de la législation arbitraire : elle n'en retint que le droit d'être bienfaisante sans contradiction, & de faire envier à l'indépendance même l'heureuse nécessité de lui obéir.

Mais cette douceur, cette modération, dont je parle, ne les confondez pas, MESSIEURS, avec la coupable indifférence qui semble isoler le Souverain, & le rendre étranger aux mœurs de ses Sujets. Oui, je l'avouerai, MARIE-THÉRÈSE arma son autorité en faveur des bienséances publiques ; jalouse des honneurs de la vertu, elle ajouta, si j'ose m'exprimer ainsi, la pudeur du Trône à la pudeur de son Sexe. Eh ! quel asile peut rester à l'Honnêteté & à la Décence, si elles n'en trouvent pas aux pieds d'une Reine ?

ce nom ſeul eſt leur Protecteur naturel. Quel charme pour un Souverain, de voir régner autour de lui, non-ſeulement ſes Loix, mais l'innocence de ſes penſées & la pureté de ſes goûts; d'entretenir dans les familles le calme de la paix avec la dignité des ſentimens; d'étouffer, en le flétriſſant, l'audacieux talent de la ſéduction; d'honorer ces ſermens mutuels que la licence & la dépravation du cœur ont preſque décriés de nos jours! Amour conjugal! ſentiment enrichi de tous les tréſors de la Nature, nœud ſacré, que les nœuds les plus chers reſſerrent encore & fortifient, vous trouverez donc une place dans cet Éloge; tant d'éclat, tant de vertu vous accompagne, que vos ſaintes délicateſſes ſeront reſpectées dans MARIE-THÉRÈSE. Quelle corruption aſſez déſeſpérée oſeroit mêler le ridicule à tant de gloire! quel cenſeur aſſez intrépide s'élèveroit contre cette courageuſe Intolérance qui pourſuivoit le vice ſous toutes les formes, ſous celles des plaiſirs même les plus autoriſés? Elle ne proſcrit pas ces ingénieux délaſſemens que la Sageſſe humaine avoue, que la Politique, peut-être, rend néceſſaires; elle les épure: elle bannit de ſes Théâtres cette gaieté licencieuſe qui alarme la Délicateſſe, qui avilit juſqu'à la Raiſon; ſource empoiſonnée, d'où s'élèvent ces vapeurs qui ſe dépoſent imperceptiblement dans les eſprits, & corrompent bientôt toute la maſſe des Mœurs publiques. Ces Écrits, l'École du Crime & du Scandale, cet Art qui les anime & les perpétue par ſon burin, ces Jeux effrénés, ces fêtes cruelles de l'Avarice, où le plus heureux ne cherche que le triste plaisir de dévorer le dernier soupir de sa victime, tout ce qui peut être un danger ou un écueil, est soumis à la plus scrupuleuse recherche, réprimé par les Réglemens les plus sévères. De-là, la gravité des Mœurs, la rivalité des bons exemples, cette précieuse harmonie de principes & d'habitudes entre le Souverain & les Sujets, qui porte jusqu'au dernier rang des Citoyens l'amour & le respect de l'ordre. Ah! MESSIEURS, qu'il est consolant pour un Peuple d'être tout ensemble heureux & juste par les mêmes Loix! Ce sublime accord fut l'ouvrage de MARIE-THÉRÈSE. Eh! pourquoi ne seroit-il pas l'objet de l'émulation des Rois? Je ne leur dis pas: Soyez vertueux; l'amour-propre même leur en fait une nécessité: trop de honte suit l'éclat du désordre sur le Trône; mais je leur dis: Ayez le courage de vos vertus; qu'un mépris solemnel, attaché sur les pas du Vice, dénonce votre volonté suprême; d'un seul regard vous suppléerez les Loix. Hélas! n'êtes-vous donc puissans que pour couvrir l'Univers de ruines & de deuil?

N'exagérons rien. Non, un Souverain ami des Mœurs, un Souverain équitable & modéré, n'est point un prodige; & s'il en étoit un, France! tu n'aurois point assez de Temples pour rendre grâces au Ciel de l'avoir reproduit pour toi. Mais qu'un Souverain absolu se soit persuadé que régner c'est s'immoler; qu'il ait existé sur la terre une ame assez grande pour sentir que le Trône n'est que le magnifique tombeau de l'Intérêt personnel; que tous les droits, tous les titres qu'on y rassemble sont des maîtres sévères qui ne donnent que des chaînes & n'imposent que des devoirs; que ces devoirs & ces chaînes aient été, pendant quarante ans, l'unique volupté de cette ame généreuse, voilà le prodige!

Ici, MESSIEURS, je sens tout le poids de mon sujet. Ah! c'est dans les murs de Vienne, c'est à l'aspect du Palais Impérial qu'il faudroit parler. Que de voix gémissantes s'élèveroient du sein de ce Palais! quel Auditoire que celui qui seroit formé de tous les Malheureux que MARIE-THÉRÈSE a secourus! Chaque mot que je prononcerois retentiroit jusqu'au fond de leur ame; chacune de mes pensées se peindroit dans leurs traits, & seroit justifiée par leurs larmes. C'est ici, leur dirois-je, que, sans faste, sans appareil, avec ces grâces qui adoucissent l'impression de la Majesté, MARIE-THÉRÈSE recevoit ou vos vœux ou vos plaintes. Nulle barrière, nul obstacle; vous n'aperceviez entr'elle & vous que sa justice, & cette justice, comme un rayon doux, descendoit au fond de votre ame pour y chercher la vérité, seule recommandation qui vous fût nécessaire. Reconnoissez ce Trône, où l'Indulgence, la Pitié, l'Humanité furent toujours assises, les mains étendues vers le Besoin & le Malheur: c'est au pied de ce Trône qu'un Croate, prêt à fuir son drapeau pour voler au secours de sa famille expirante dans la misère, trouvoit sa femme & ses enfans baignant de leurs larmes les genoux d'une Bienfaitrice généreuſe: c'eſt de-là qu'il partoit pour enflammer tout ſon Pays, & groſſir l'armée Impériale de tous les Enthouſiaſtes qu'il alloit aſſocier à ſa reconnoiſſance. Voilà, leur dirois-je encore, cette route ſecrète..... Ah! vous le ſavez, elle n'étoit pas deſtinée à la ſombre intrigue, à la délation ténébreuſe; c'eſt par ces détours ignorés que l'ame de Marie-Thérèse s'échappoit, ſans laiſſer aucune trace, pour s'unir à la noble Indigence, qui pouvoit rougir & de l'aveu du beſoin & de l'humiliation du ſecours. Rappellez-vous le Danube rompant ſes digues, roulant, au ſein de vos foyers, le ravage & l'horreur : quelle main protectrice vous ſoulevoit au milieu des ondes écumantes, & portoit juſqu'à vous la conſolation & la vie? Repréſentez-vous les flammes dévorant vos aſiles; vos femmes, vos enfans, vous-mêmes aſſis ſur leurs débris fumans : quelle main bienfaiſante eſſuya vos pleurs & répara vos pertes? Ah! ſans doute, à ce récit attendriſſant, les ſoupirs, les ſanglots s'échapperoient avec violence de tous les cœurs : je me troublerois moi-même au milieu de cette ſcène éloquente; & mon trouble, mon ſilence, l'égarement de mes eſprits, la loueroient bien mieux que toutes mes penſées.

O cœur ſenſible de Marie-Thérèse! vous n'êtes donc plus que pouſſière; un court eſpace vous renferme, vous à qui rien n'étoit étranger, vous qui, par vos ſoins & par vos ſentimens, embraſſiez un Peuple immenſe. Hélas! vous étiez ſi néceſſaire à la gloire & au bonheur de l'Humanité;

manité ; quels titres pour être Immortelle ! Que dis-je ? l'inexorable Mort ne vous a point ravi tout entier à l'Europe, nous vous retrouvons au milieu d'une Nation que vous aimâtes ; vous revivez pour la France, ou plutôt le cœur de *MARIE-ANTOINETTE* eſt une partie de vous-même, vous n'avez fait que changer de Trône. Auguſte Reine, l'adulation n'a point de part à cette louange : vous la méritez, & cette juſte louange vous aſſure le tribut de toutes les autres. Ah ! la ſenſibilité eſt le germe, auſſi-bien que le préſage des grandes vertus. L'amour du bien public n'en eſt-il pas l'effet néceſſaire ? & cet amour, première paſſion du Trône, détermine invinciblement à tout ce qui eſt noble & juſte. Oui, toute la gloire de votre illuſtre Mere eſt votre héritage naturel, puiſque vous lui reſſemblez par les grâces & par le cœur. Si le nom de MARIE-THÉRÈSE porte ce foible Diſcours juſqu'à vous, en liſant ſon Éloge, vous lirez vos deſtinées & nos eſpérances.

Eh ! quel garant plus sûr d'une éternelle mémoire, que cette bonté ſecourable qui abaiſſe la Majeſté, qui la rapproche, comme le Dieu qu'elle repréſente, de tous les états & de tous les beſoins. Ah ! ce ne ſont pas les Grands, c'eſt le Peuple qui prononce l'apothéoſe des Rois ; & ce Peuple eut toujours les premiers droits aux ſoins paternels de MARIE-THÉRÈSE : jamais la bonté ne fut plus ingénieuſe à tromper l'orgueil du rang, à varier ſes procédés, ſes mouvemens, ſes formes, pour ſe ménager plus de moyens de ſe communiquer & de ſe répandre.

Ce mystère de la vie privée des Souverains, ces retraites impénétrables, où s'endort l'indifférence, où l'oubli des devoirs prend toute l'importance & tout le charme d'un plaisir nécessaire, MARIE-THÉRÈSE ne les connoît point. Dans les autres Gouvernemens, les Loix toujours muettes & inanimées ne prévoient rien : elles ne s'arment point contre les tentations du Crime, elles le punissent. A Vienne, on sentoit le frein d'une Loi toujours dominante, plus impérieuse, peut-être, que la Loi des vengeances, la présence de MARIE-THÉRÈSE. Elle savoit que la licence est plus timide lorsque le Souverain est plus près des abus; & les prévenir tous, pour n'avoir rien à punir, étoit le vœu, & eût été un triomphe pour son cœur. Dans les Temples, dans les Cercles, dans les Places publiques, on la trouve par-tout. Ici elle interroge; là elle observe : ailleurs elle corrige ou elle console. Suivez-la dans ses jardins; elle marche sans gardes, sans précaution : on diroit qu'elle éteint l'éclat de son rang pour en augmenter le charme & le pouvoir; semblable à la Providence, qui n'a ni Temple ni Sanctuaire, dont les yeux sont toujours ouverts, dont l'action est toujours égale, MARIE-THÉRÈSE ne distingue ni les momens ni les lieux; son Tribunal est partout. Représentez - vous (ah ! tous les bons Rois se ressemblent), représentez-vous Louis IX, portant sous ces chênes antiques, si célèbres dans nos fastes, non la pompe du Trône, mais toutes les grâces, toute la facilité de la bonté : telle étoit MARIE-THÉRÈSE. On ne remarque autour d'elle ni les chef-d'œuvres de l'Art, ni les prodiges du Luxe & de la Magnificence épuiſée. Des Pauvres, des Orphelins, des Veuves, des Soldats mutilés : voilà les ornemens de ſes jardins. Oublierai-je cette délicateſſe, cette recherche de condeſcendance dont il me ſemble que l'Hiſtoire n'offre aucun exemple? Pour tous les hommes, le travail a ſes délaſſemens & ſes intervalles; la chaîne de cette ſervitude univerſelle ſe relâche au moins dans ces jours conſacrés à honorer la bienfaiſance ſuprême : ces mêmes jours, MARIE-THÉRÈSE les emploie à rendre cette même bienfaiſance ſenſible. Elle ne veut pas que des Citoyens, dont tous les momens ont un prix, perdent un ſeul de ces momens, dans l'attente d'une juſtice qui leur eſt due; elle ne ſouffre pas que cette juſtice leur coûte une portion de ce pain qu'ils arroſent de leurs ſueurs. Que le Souverain Être permette le repos, le devoir de MARIE-THÉRÈSE eſt de ne ſe repoſer jamais : Image de cet Aſtre infatigable, dont la courſe éternelle vivifie tout, répare tout.

Ingrats, qui cenſurez ſi légèrement les Rois, ſavez-vous ce qu'il en coûte pour vous rendre heureux? tandis que, dans l'abondance & dans la paix, vous jouiſſez de votre tranquille inutilité; tandis que vos jours, vos poſſeſſions, vos héritages ſont protégés; tandis que pour vous un ſommeil que tout favoriſe, ſuccède à des plaiſirs que rien ne trouble, les bons Rois veillent. Chaque jour MARIE-THÉRÈSE devance l'aurore par le travail; tout eſt calme dans ſon Empire : elle ſeule eſt agitée : elle ſeule craint, prévoit, doute, s'inquiète; Ennemis, voiſins,

Alliés, Sujets, Confédérations, Traités, la paix du dehors, la sûreté du dedans, elle embrasse, elle soutient, elle affermit tout : nulle distraction, nulle trève, peu de consolations, encore moins de plaisirs..... Répondez, qui de vous, à ce prix, voudroit être Roi ? Eh bien ! ce prix, qui étonne vos foibles ames, n'est que la juste mesure des devoirs de la Souveraineté. Tombez donc aux pieds de Marie-Thérèse, & pardonnez aux foiblesses des Rois.

Je dois cependant l'avouer, Messieurs, au milieu de ces nobles sollicitudes, Marie-Thérèse connut quelques plaisirs, & ces plaisirs sont du même ordre que ses vertus, sublimes comme elles. Ne calomnions ni le Trône ni les Rois ; non, la sensibilité ne leur est pas étrangère ; tous les grands Rois sont sensibles. Henri IV, Sully ! cœurs généreux que l'intrigue ne put jamais désunir ! noms immortels, vous vivez dans les fastes de l'amitié ! & puisque ce sentiment céleste est si rare dans les conditions ordinaires, croyons que sa langueur, son aridité n'est en effet ni le vice, ni le malheur du Trône. Ames frivoles & légères, ah ! vous n'avez pas besoin d'un Trône pour être toujours le jouet du caprice ou de la nouveauté, pour n'éprouver que des sensations d'un moment ou d'un jour, pour vous distraire des plus doux mouvemens de la nature ; vous ne connoissez pas ce commerce presque religieux d'attentions & de soins qui prévient le desir, devine le besoin, donne un si grand prix aux plus petites choses ; cet échange perpétuel de goûts, de pensées, de volonté, qui anime en quelque sorte deux êtres du même souffle & du même esprit : voilà l'Amitié, ou plutôt voilà le cœur de MARIE-THÉRÈSE! Au milieu de cette multitude d'intérêts qui la partagent, ſon ame diſperſée, pour ainſi dire, dans ſes vaſtes Etats, ſe recueille dans la douce idée de ce qu'elle aime. Fatiguée des tourmens attachés à la plus rare, mais à la plus dévorante des paſſions, l'amour du bien, elle trouvoit dans l'amitié qui repoſe & qui conſole, le contre-poids de toutes ſes peines. Elle en avoit les procédés, les grâces, les empreſſemens, la tendre obſtination. Et ne penſez point, ô vous qu'elle chérit! que ce charme s'éteigne par l'habitude, ou s'entretienne par la ſeule impreſſion de votre préſence. Les deſtinées vous éloignent d'elle? ſon cœur comme effrayé de ſa ſolitude, ſe précipite ſur vos pas, il vous ſuit; les années s'écoulent, d'inſurmontables obſtacles vous ſéparent: ce cœur, immobile dans ſon choix, ſe fixe auprès de vous; vous le retrouvez dans vos craintes, dans vos eſpérances, de près, de loin; conſolateur ou confident, il vous rend tout le bonheur qu'il reçoit de vous. Auguſte famille, objet conſtant de ſa vigilante tendreſſe, que ne puis-je m'enflammer de votre eſprit, que ne puis-je du moins emprunter vos ſouvenirs pour peindre la ſenſibilité de MARIE-THÉRÈSE! Elle étoit mère: calculez, MESSIEURS, s'il eſt poſſible, ce que l'élévation & la force de ſon caractère dut ajouter à ce grand intérêt; jugez de la chaleur de cette ame qui, par ſa ſeule énergie, ſe portoit à toutes les perfections de la nature, ne s'arrêtoit qu'aux bornes du bien, & qui trouvoit le plus doux des ſentimens dans le plus ſaint de tous les devoirs.

Je vous fatigue, MESSIEURS : je ſais que toute louange languit, que l'intérêt s'épuiſe. Mais mon ſujet me répond de vous. Connoiſſez MARIE-THÉRÈSE toute entière ; peut être puis-je prétendre encore à votre ſurpriſe. Religion ſainte ! Eſt-ce à l'aſpect de vos Autels que j'oſerai louer l'art de plaire ? Oui, vous n'en rougirez point. Cette ſingularité, MARIE-THÉRÈSE la conſacre : tant il étoit de ſa deſtinée d'attacher à tout, le caractère de la grandeur & de la vertu ! Cet art ſi frivole ſouvent dans ſes reſſorts, ſi mépriſable dans ſes motifs, ſi criminel dans ſon objet, MARIE-THÉRÈSE en avoit fait l'art de la vérité qui ſe communique, l'art de la majeſté qui ſe cache, l'art de la Souveraineté qui enchaîne & qui veut qu'on l'oublie. Peignez-vous ce facile épanchement d'une ame franche & noble, qui vient ſe placer auprès de la vôtre ; cette grâce qui pare la raiſon, adoucit le refus, embellit la faveur ; cette ſenſibilité ingénieuſe, qui ſemble être d'intelligence avec votre amour-propre pour choiſir l'accent qui le flatte le plus ; cet intérêt tendre qui agrandit à vos yeux vos propres avantages, & vous rend plus chers ou vos plaiſirs, ou vos ſuccès ; enfin ce charme de l'eſprit & des manières qui fait oublier la beauté même : vous n'aurez encore qu'une foible idée (permettez-moi cette expreſſion) de la magie de MARIE-THÉRÈSE ; & telle étoit cette magie, que dans cet empire de la force, puiſqu'un ordre du Souverain armoit deux cents mille hommes, on n'a jamais ſenti que l'empire de la ſéduction ; que tous les Étrangers devenoient ſes Sujets, que tous ſes Sujets étoient ſes amis, & que dans ces derniers la fidélité étoit une adoration & un culte. *Dites du moins à* MARIE-THÉRESE, s'écrioit un de ſes Officiers percé de coups, *dites-lui que je meurs ſans regret, puiſque je meurs pour elle.*

François qui m'écoutez, ou vous n'êtes plus ce Peuple ſenſible, ſi célèbre par l'amour de vos Maîtres, ou chaque mot qui forme ce récit, doit pénétrer comme un trait de feu juſqu'au fond de vos ames. Eh! quelle ſeroit votre ivreſſe, ſi je vous parlois de la reconnoiſſance de MARIE-THÉRÈSE ? la reconnoiſſance! quelle vertu pour le Trône! ce domaine de toutes les paſſions ſuperbes, cet autel où ſe confondent tous les vœux, où les vapeurs éternelles d'un encens qui fume dans toutes les mains, perſuadent à l'idole enivrée que le zèle eſt devoir, que tout ſacrifice eſt juſtice, & que le dévouement aſſez honoré par ſon objet, eſt toujours aſſez payé par l'éclat & l'activité qu'on lui donne. Que les Rois ſont à plaindre ſi leur grandeur, leurs préjugés, l'air qu'ils reſpirent repouſſent en effet de leur ame deſſéchée ce ſentiment magnanime! craindroient-ils de compromettre leurs juſtes droits ? Ah! qu'ils interrogent le cœur de MARIE-THÉRÈSE, ils y verront ce ſentiment fortifié par l'intérêt même de ſa puiſſance. Que dis-je? cet intérêt étoit trop peu digne de ſon cœur; elle ſentoit qu'il falloit du moins couvrir de fleurs ſes nobles victimes; que l'or étoit un trop foible échange du ſang qu'on verſoit pour elle: ſoins, attentions, aveux publics, ſouvenirs inefpérés, faveurs inattendues, elle prodiguoit tout pour acquitter la dette immense de sa délicatesse. Allez, Milice valeureuse, épuisée de sang & d'années, peupler cet asile que MARIE-THÉRÈSE vous destine ; le Ciel le plus pur, les campagnes les plus fécondes vous attendent : il est bien juste qu'au milieu de ces vastes héritages que vous avez défendus, vous trouviez du moins le repos & un tombeau. Que peuvent craindre des Guerriers ? Ah ! ce n'est pas la mort, c'est le reste de la vie. De quel prix ne paye-t-elle pas les heureux soins qui lui conservent un Officier François (1) dont elle distingue la valeur brillante & les rares talens ? Croira-t-elle pouvoir répandre assez d'honneurs & de gloire sur l'illustre Compagne (2) du Héros de *Chotèmitz* ? Que fera-t-elle pour le Héros même ? Elle déposera dans ses mains victorieuses tous les droits de ce Trône qu'il a soutenu. Dans ce camp où tout parle de son triomphe, justice, grâces, récompenses, tout dépendra de son autorité : il sera Roi. Elle chargera le fils de ce grand Homme d'un ordre qu'il n'ouvrira que sous les yeux du vainqueur, à la tête de son armée ; qu'apercevra-t-il alors ? une carte de la Bohème, le nom du Village de *Chotèmitz* tracé en caractères apparents, & au-dessous on lira cette inscription digne des temps héroïques, écrite de la main de MARIE-THÉRÈSE même : *C'est ici que votre père a sauvé mon Empire, je ne l'oublierai jamais.* Monument immortel pour le père, encouragement glorieux pour le fils, tout est réuni dans ce trait aussi attendrissant que sublime. C'est avec ce goût, cette

(1) Feu M. le Comte de Montazet.

(2) Madame la Maréchale Daun.

cette recherche, cet art dont le cœur seul a tous les secrets, que MARIE-THÉRÈSE paie les services & le zèle; combat généreux, où son ame sembloit encore affecter la supériorité; elle vouloit qu'avec les grâces de la sensibilité, sa reconnoissance rappelât en quelque sorte la majesté de son rang. Il est dans toutes les bouches, il passera dans tous les âges ce mot vraîment royal, que la vanité des Conquérans & des Rois ne devoit point trouver: mot à jamais mémorable réservé au cœur de MARIE-THÉRÈSE. Hélas! pourquoi, ô mon Dieu! avez-vous permis qu'il fût le dernier? *Je lègue à mon Armée* * ...... Arrêtez, auguste Princesse, suspendez ces formules funèbres; ou si le terme fatal est arrivé, prononcez en faveur de l'Humanité entière: léguez à toute l'Europe votre ame & votre esprit, & que vos derniers vœux désarment la valeur pour ne laisser régner que la justice.

* Article du testament de MARIE-THÉRÈSE.

Mon sujet m'entraîne, MESSIEURS, & MARIE-THÉRÈSE m'échappe. Le voilà donc ce terme affreux, ce moment aussi imprévu que rapide! La mort se montre, la mort l'appelle; MARIE-THÉRÈSE l'observe, & ses intrépides regards semblent lui dire: *Je suis prête.* Que pouvoit la mort sur une ame qui, sous le voile du temps, habitoit l'éternité? Osons, MESSIEURS, en imitant son courage, nous élever ici jusqu'à sa pensée. Ne pleurons pas MARIE-THÉRESE, pleurons ces Rois dont la vie entière n'est que l'oubli de la vie même. Non, MESSIEURS, cette mort inattendue n'a point été pour elle une mort prématurée;

elle fut un bienfait : le Ciel a voulu qu'elle emportât sa gloire toute entière, qu'aucune ombre, aucune tache ne ternît cette belle vie ; car, hélas ! qu'est-ce en général que la vieillesse ? une léthargie, un sommeil, l'épuisement de toutes les facultés qui s'éteignent, le triste & humiliant simulacre de la vie même : & en particulier qu'est-ce que la vieillesse sur le Trône ? Il semble que ces rides, qui ne respectent pas les fronts couronnés, aillent s'imprimer alors, pour ainsi dire, jusques sur les Loix, sur l'autorité, sur les Conseils. Plus d'activité dans les esprits, plus d'énergie dans les courages ; le bien est négligé, le mal n'est pas prévu ; tout se désunit : on remarque bientôt dans la même Nation deux intérêts & deux Peuples ; l'un redoute ce que l'autre espère ; l'approche d'un nouveau Règne rend les maximes de l'ancien moins respectables, & le Souverain se survit en quelque sorte pour voir ses derniers momens ou obscurcis ou méprisés. Mais mourir lorsqu'on marche d'un pas toujours ferme dans la carrière, lorsque la lumière qui nous environne est encore toute vive, lorsque le présent garantit l'avenir, ce n'est pas mourir en effet, c'est se cacher dans sa gloire.

Portons donc des regards assurés sur cette scène également héroïque & Chrétienne. Depuis long-temps l'abîme inévitable où se perdent toutes les grandeurs humaines, paroissoit aux yeux de MARIE-THÉRÈSE s'entr'ouvrir sous ses pas ; sa piété, sa tendresse la conduisoient souvent sous ces voûtes ténébreuses où les cendres de ſon auguſte Epoux étoient mêlées avec la pouſſière de la Maiſon d'Autriche; c'eſt là qu'elle recevoit de plus près les leçons de la mort, leçons que le néant des Souverains qui ne ſont plus, rend ſi pénétrantes pour le Souverain qui les écoute; c'eſt là qu'immobile, recueillie, marquant d'avance ſa place, elle achevoit en elle, comme parle l'Apôtre, l'*image de Dieu*, ſeule diſtinction qu'elle dût conſerver; c'eſt là qu'elle ſe familiariſoit avec l'horreur, le ſilence, la ſolitude, ſeul attrait de l'ame chrétienne qui fait l'eſſai de la mort. Au moment où elle quitte pour la dernière fois cette terrible école, elle ſe ſent arrêtée, comme ſi le tombeau eût pris du mouvement pour ſe ſaiſir de ſa proie. Soudain un preſſentiment ſecret l'éclaire, mais ne la trouble pas; ce triſte oracle deſcend au fond de ſon cœur, & ſe refuſant à l'eſpoir de vivre, cette dernière erreur de la vie qui rend toutes les autres irréparables, tranquille elle s'avance vers les jours éternels.

Dieu des Rois! Dieu des vertus! c'eſt à ce double titre que Marie-Thérèse vous appelle. Venez dans ce Palais, la juſtice & l'innocence en ont fait votre Temple; rien de profane, rien de criminel n'y bleſſera la ſainteté de vos regards; venez, vous y retrouverez vos pauvres, vos orphelins; la flamme de votre charité étincelante de toute part, vous conduira juſqu'à ce cœur qu'elle embraſa toujours, & que vous acheverez de purifier. Ah! ſi vous étiez pour Marie-Thérèse un Dieu de terreur & de ſévérité, pour qui donc réſerveriez-vous vos consolations & vos douceurs? Le Pontife paroît, le signe adorable du salut entre ses mains. Quel spectacle pour la tendresse filiale! Le trait semble encore suspendu, & déja toute l'horreur du sacrifice environne la victime; tout gémit à ses côtés: *Ne troublez point*, s'écrie MARIE-THÉRÈSE, *ne troublez point par vos soupirs, ce que ce moment précieux a de consolant pour moi.* Il semble que son ardente foi ait arraché à la mort ce masque effrayant qui la rend si formidable; il semble qu'au-delà de ses ombres, elle distingue déja le soleil immortel qui va luire pour elle. Dans cet instant où MARIE-THÉRÈSE marche au-devant de JÉSUS-CHRIST, ne vous représentez-vous pas, MESSIEURS, la miséricorde & la vérité qui se rencontrent? *Misericordia & veritas obviaverunt sibi.* Dans cet instant où JÉSUS-CHRIST repose sur ses lèvres, ne croyez-vous pas voir la justice & la paix qui s'embrassent? *Justitia & pax osculatæ sunt.* Image qui porte avec elle une impression d'attendrissement dont il est difficile de se défendre. Ah! vous n'apercevez point ici le lit d'un mourant auprès duquel les cris tardifs du repentir rappellent la Religion & la foi méconnues; vous ne voyez point un Trône quitté par le désespoir; un Ministre fondant d'une main incertaine les plaies profondes d'une ame déchirée par le remords; un pécheur consterné repoussant, selon l'expression des Livres saints, la masse entière de sa vie rassemblée sous ses yeux & pesant sur sa tête: *Erit vita tua quasi pendens ante te.* Non, tout est calme: point de coupable, point de Juge; le Ministre ne prononce que la consommation d'une

Ps. 58.

Ibid.

Deut. 28. 55.

alliance qui ne fut jamais violée, & voilà le dernier traité, le pacte solennel & irrévocable de la miséricorde, & de la paix avec la vérité & la justice. *Misericordia & veritas obviaverunt sibi, justitia & pax osculatæ sunt.* Ps. 58.

Oh! que cette mort est belle sur le Trône! quel prodige, dans ces derniers momens, d'attirer à soi le Ciel & la Terre; d'être tout ensemble digne de vivre, digne de mourir; d'emporter le double prix de la vie des Rois, les regrets d'un Peuple qui ne flatte plus, & les récompenses d'un Dieu qui juge! Tranquille sur ces jugemens qui l'attendent, parce qu'elle les eut toujours devant les yeux, Marie-Thérèse commande à son ame de s'arrêter pour mériter encore ces regrets; elle reprend la force de ce caractère qui a décidé toute sa vie; & s'affermissant, pour quelques momens, sur ce Trône dont elle va descendre, elle éloigne courageusement ses Enfans, parle de sa mort en Homme-d'État, mêle les prévoyances de la Politique aux inquiétudes de la Bienfaisance, réserve pour ses Pauvres & ses Orphelins les derniers efforts d'une voix qui s'éteint, fixe les honneurs de sa cendre, défend de célébrer sa mémoire dans les Temples.... Grande Reine! toute votre vie proteste contre cette humble précaution. Détruisez donc, dans toute l'Europe, tout sentiment de justice & de vertu; effacez votre nom dans tous les esprits & dans tous les cœurs: ce moment même jette un nouvel éclat sur cette vie que vous prétendez obscurcir. Ah! il ne falloit pas mourir comme vous avez vécu, si vous vouliez qu'on oubliât & votre mort & votre vie. Que dis-je? la Mort même achève de vous trahir. Ce mépris habituel de la grandeur, cette persévérante méditation du tombeau, ce vêtement funèbre tissu de vos propres mains... tous vos secrets sont révélés; pourquoi les enviez-vous à la Terre? Vous serez obéie à Vienne; mais chez tous les peuples qui sauront apprécier l'ame d'un bon Roi, des voix éloquentes s'élèveront pour venger la Religion & l'Humanité de votre injuste modestie.

Qu'attendez-vous encore, MESSIEURS? hélas! il ne reste plus à votre admiration que le moment fatal, où livrée aux dernières consolations de la Piété, MARIE-THÉRÈSE étend, pour la dernière fois, une main défaillante sur sa Famille éplorée: *Je ne vous donne rien*, dit-elle à son auguste Fils, *tout ce que je laisse est à vous; mais mes Enfans sont à moi, je vous les donne; soyez leur Protecteur & leur Père*.... Elle s'arrête; elle ne réclame ni promesses ni sermens: elle connoît trop le cœur qu'elle a choisi pour remplacer le sien. Prince éprouvé par quinze ans de modération & de sagesse, Ministre, Sujet, Roi respectueux, qui ajoutiez à la sensibilité de la Nature toutes les réserves de la délicatesse, qui n'avez rien vu de plus flatteur dans votre fortune que la douceur de l'attendre, qui toujours content d'obéir vous placiez sur la marche du Trône où vous pouviez vous asseoir, pour rendre à MARIE-THÉRÈSE, par le respect, tout le pouvoir que vous receviez d'elle par la confiance: ah! vous êtes bien digne de ce dépôt sacré. Dans ce respect constant sont renfermés tous les élémens d'un grand Roi.

Que l'Hiſtoire en décrive les développemens glorieux ; pour moi, je ne veux voir que l'Héritier de tant de Royaumes, confondant ſes gémiſſemens avec les derniers ſoupirs de ſa Mère. Prince, je redirai vos tendres ſoins, vos veilles aſſidues ; je recueillerai vos larmes ſincères..... Vos larmes ? hélas ! elle n'eſt donc plus ! Dans le Palais, dans les murs de Vienne, dans toute l'Allemagne, on n'entend plus que ce lamentable cri étouffé par des ſanglots : Dieu ! quelle Souveraine vous nous avez ravie ! Ah ! du moins qu'aucune voix lugubre ne s'élève autour de ſon tombeau ; que le Héraut de la Mort ne crie pas comme dans les autres pompes funèbres : Rendez, rendez au Maître des Rois le Sceptre qui doit périr avec ce ſimulacre de chair, cette Couronne qui n'a plus d'éclat, ce Diadême déchiré, ces Titres effacés, qui vont ſe perdre Pſ. 75.
avec lui dans la nuit éternelle. *Reddite munera terribili ei qui aufert ſpiritum Principum.*

Non, mon Dieu ! vous ne réclamerez point ici ce triſte hommage. Symboles ſacrés, qui n'avez été ſur le front de MARIE-THÉRÈSE que le gage de la félicité publique, Sceptre, Couronne, honorez à jamais ſon tombeau ! Durez, que le Temps vous épargne ! Et vous, Siècles futurs, Rois, Peuples, que le torrent des Ages amenera, pour quelques inſtans, ſur cette ſcène changeante & mobile, ne prononcez qu'avec attendriſſement l'auguſte nom de MARIE-THÉRÈSE ; que ce nom révéré vous rende le Siècle où nous vivons reſpectable. Quelles que ſoient les erreurs de ce Siècle dont la Religion gémit, vous lirez du moins, dans ses Annales, un Règne mémorable dont la Religion s'honore; vous y distinguerez MARIE-THÉRÈSE, comme on distingue un Monument précieux au milieu d'un amas de ruines; vous lui envierez l'honneur d'avoir donné à la Terre un si parfait Modèle. Eh! qui pourra rougir désormais d'être Chrétien? quelle sublime apologie de la Religion que cette belle vie! Comment méconnoître la divinité d'une croyance & d'une Morale qui s'allient à tant de gloire? Ah! si l'orgueil de la Raison n'étoit pas indomptable, si vous permettiez, ô mon Dieu! que ce grand Modèle trouvât des Imitateurs dans une Postérité plus docile à la voix de la Sagesse & de la Vertu, quelle magnifique image, MESSIEURS, laisserois-je dans vos esprits en finissant ce Discours! Je vous montrerois l'ame de MARIE-THÉRÈSE dominant tous les Trônes, l'Europe entière heureuse par ses principes, sanctifiée par ses exemples; & pour dernier hommage je porterois, dès ce moment, au pied de son cercueil, la reconnoissance des Siècles à venir, confondue avec les larmes & les regrets qui honorent aujourd'hui son tombeau.

www.ingramcontent.com/pod-product-compliance
Ingram Content Group UK Ltd.
Pitfield, Milton Keynes, MK11 3LW, UK
UKHW021146230726
13926UKWH00002B/956

9 782014 103786